黑夜

是

星辰的家园

我是一个快乐的夜行者

在天际，我想放黜一切苦难

米成洲 / 诗

作家出版社

图书在版编目（CIP）数据

黑夜是星辰的家园 / 米成洲著. -- 北京：作家出版社，2023. 12

ISBN 978-7-5212-2602-7

Ⅰ. ①黑… Ⅱ. ①米… Ⅲ. ①诗集 - 中国 - 当代 Ⅳ. ①I227

中国国家版本馆CIP数据核字（2023）第215539号

黑夜是星辰的家园

作　　者： 米成洲
责任编辑： 宋辰辰
装帧设计： 意匠文化 · 丁奔亮
出版发行： 作家出版社有限公司
社　　址： 北京农展馆南里10号　　**邮　　编：** 100125
电话传真： 86-10-65067186（发行中心及邮购部）
86-10-65004079（总编室）
E-mail:zuojia@zuojia.net.cn
http://www.zuojiachubanshe.com
印　　刷： 中煤（北京）印务有限公司
成品尺寸： 142×210
字　　数： 137千
印　　张： 9.875
版　　次： 2023年12月第1版
印　　次： 2023年12月第1次印刷
ISBN　978-7-5212-2602-7
定　　价： 58.00元

ISBN 978-7-5212-2602-7
9 787521 226027 >

作者简介

米成洲，又名：米石子，高级工程师，中国作家协会会员，中国诗歌学会会员。80年代开始发表作品，其作品散见于省级以上报刊及网络，曾发表短篇小说《异情》《借贷》《阿拉丁神灯》《私生女》《儿童的战争》等，著有诗集《颤动的风》《流火》《十二个女人》《从黎明出发》《突围》《米成洲诗选》《诗路》《诗雨漫天》《灵魂边沿》《远方的远方》《无法在一首诗里陶醉》《诗是你的名字》《在一首诗里张扬》《祈祷树》《黑夜是星辰的家园》及长篇小说《灵魂草》。并编剧、出品电影《灵魂草》。

目录

[序一]

不断接近诗之核心与要旨

小葱

诗人米成洲从非洲的纳米比亚辛巴红人原始部落、扬州的二十四桥和精致的何园，终于云游回到了豫州，他的第十五本著作《黑夜是星辰的家园》，又要问世了。

我突然就想到了盛唐，那个星光熠熠、诗人辈出的年代，诗歌的历史太久远了，这么多年过去，在这片古老的大地上，尽管语境早已改变，但是还有那么多人，在默默地写作，既仰望着李杜的光芒，又不曾放弃对诗歌的热爱。我相信，即使柏拉图在自己的理想国中驱逐出所有诗人，感性的诗人们也能与“绝对的美”为伴，因为他们本身就自带境界，且高于现实。

这两年间，发生了许多事，命运分配给我们每个人的际遇也各不相同，比如我遇到了一场糟糕的病，米成洲经历了与母亲永远的离别，总之，沉重的话题比以往那么多年加一起都要多。他比我坚强，也比我通透，所以，他还在写诗，而我，只能成为读者。有一点应是相同的，就是我们对琐碎、善变的生活有了更多的感悟，并以思考的形式，回到了或更接近于现象的本身。

我读诗，并非来自丰富的阅读经验，而是依托直觉，我也许是一个不合格的“误读”者，但这不重要，诗歌在，读者就有一千种，只能说，诗人，也许天生有一种能把细腻的情感和孤独从夜空中取下来的天赋，他是如此，我亦然。看，就是这么微妙，现实虽不尽如人意，诗歌却离不开情感，人类情感的大起大落，于诗人而言，是一笔巨大的财富，难怪里尔克说：“生活和伟大的作品之间，总存在某种古老的敌意。”值得庆幸的是，生活和思想还是自由的，他从时代的大背景出发，把凡人的悲喜与慰藉化为文字，从笔尖涌溢，闪出微光，而我作为第一个读者，刚好捕捉发现了这簇星芒。

诗人米成洲更加沉稳了，他从多角度、多方面展开，加深了思想性，摆脱了空洞无物和华丽辞藻的堆砌，让每首诗像一颗爱的种子，生根、发芽、开花、结果。是的，这是一本关于爱的诗集，这一次，我从字里行间潜藏的意识中，看到了贯穿全书的清清楚楚爱的轮廓，比之前都来得汹涌、深刻，别误解，不是男女之间的小情小爱，是一种人间大爱，至真至纯。好像一个人，独自经历了漫长的修行，最终进入了另一个神秘的境象，那里，一切都是神圣的，纯粹的，不受制约的。

他在《如果我老了》一诗中写道：“如果我老了／那夕阳的晚霞真的不走？／那缠绵的晚风真的不来？／如果爱是季节里穿梭的风／那晚霞走了，风怎么不来？//这夜晚，多么静谧／静得我不能入眠／静得我忘了在什么季节／时光啊，我能否再与你一起静坐？……”这首诗看似是在怀念年轻时与某个姑娘约会的情景，其实，是诗人对逝去的青葱时光的留恋，也许确有其人，但更大的可能性，“她”只是一个符号，我们完全可以理解为美好的事物，并没有具体的指向。诗人在晚风中穿越时间和空间，进入了自己内心的王国开始旅行，这也是他曾经的历史，通过沉思过去，作为读者的我，从这里窥探到了他的精神活动，像在一面漆黑的夜空的镜子中，偶尔看见正在移动的、小小的火焰，带着永恒的温度，成为推动诗歌与人的不可缺少的支撑。昨天，我在散步的时候，不自觉地想到这首诗，有点不可思议，可能它有一种类似于风中摇曳的木槿花的气质吧，这就是共鸣。

毫无疑问，诗人米成洲的诗歌作品是高产的，产量惊人，如果不是认识他多年，我会怀疑他是不是全天候地写诗，他还写小说，并且把小说拍成了电影，去年在影院上映了。另外，他还有许多事情做，比如公司和旅行，他的朋友也非常多，可能他的时间具有持续性，能迅速地唤醒记忆，或生命中的任何一点，把过去、现在、未来，在语言中聚焦。他这样写道：“上帝创造了我，原本我是一个符号 / 从减到加，从加到减 / 我一步步健壮，一步步萧条 / 我如时间的发条，松了又紧 // 象来了，我龟缩在城市的一个角落 / 虎豹来了，我就在河流的一旁 / 同类来了，我循着文字的脉络 / 一边研读，一边畅想……”同样作为诗人，我可能拥有技巧、语言，但我不会这么小心翼翼地被社会撕裂，我是有几分天真和幻想的，但他没有，他直言不讳，又很诚恳，一边观察和思考，一边读写又混合着小小浪漫的情愫，把语言打开，扩展开来，就是可以触摸到的对生命之爱和敬畏。

生与死不是人类创造出来的，但语言是，回忆中的每一个细节，都与活过有关，比如他的《黑夜是星辰的家园》一诗中，“在一望无垠的黑暗里，我也有苦痛／黑夜是星辰的家园，星辰远去，家园将走／我是一个快乐的夜行者／在天际，我想放黜一切苦难／／黑暗里，我想念冥界的父母／在黑暗的尽头，我看到了光／看到了我崭新的家园……”这首诗本身就是一个重要的人，是返回故乡的那条路，诗人的个性、情感、思想最终都在其中体现。就像一片叶子，从树枝上掉落，恰好被诗歌记录下来，那么，它也在诗中永恒地活着，甚至某种意义上说，超越了死亡。

洛夫曾经说，“具有最高层次的诗人，不但要有宗教的悲悯情怀，也要有宇宙的胸襟，他的诗歌中总是表现出一种终极关怀，也就是一种生命的觉悟，对生命意义的不断怀疑与叩问”。诗人米成洲不就是在这条诗歌大道上前行吗？尽管这条路孤独又曲折，但他沉迷其中。愿时光慢递，人间有情，二三星斗轻落于胸前，十万峰峦在脚底青绿，未来如诗般充满着善意。

去年，由诗人米成洲出资设立的第一届米石子文学奖成功举行，他满怀深情地说：“做企业已过半生，我忠守自己做人的誓言，不碌碌无为，不低级趣味。在一群爱好社会公益人士的鼓励与支持下，举办‘米石子文学奖’的活动，从今年的第一届做起，我有信心连续做下去。”与此同时，作为诗人，米成洲也在诗的国土继续深耕。我们期待着这本诗集的问世，会让读者看见一个不断接近诗之核心与要旨的米成洲。

多少深情句，散作满河星，在黑暗中熠熠生辉。我想，爱诗的人，会继续写下去，爱生活的人，亦会微笑面对一切。

2023年8月15日

（小葱，原名郭靖，作家，诗人）

［序二］

从一个境地，找到另一个新的境地

尚新娇

与米成洲先生相识已有十年余，印象中米成洲先生睿智洒脱，诗酒风流，云游天下，别人眼中的人生圆满他都拥有。但当你走进他的诗歌里，才发现他有两个自己，前者只是他世俗中的影子，只有诗歌才能展露他真实的内心。在抒情的同时，字里行间处处可见对个人生命价值的自我追寻、求证、反省，在他诗歌的光与影中，始终裹有一种难能可贵的真气、灵气、正气。

诗人通过语言来建构自己的精神世界。米成洲，是一位出版过十多本诗集的诗人，在他的诗中，生命、自然、故土、爱人、亲人等等都是他抒写的对象。

爱情为文学创作的永恒主题，但每个人的表达方式与个性色彩不同。米成洲诗歌题材最多的是对爱情的抒写，他的爱情诗延续传统，以情动人。诗中的他为情所困，为情所发，诗人为梦中的爱人辗转难眠，往往一嗟三叹，流连不已，又茫然所失，恍惚梦中相遇又悄然离去，淡淡的愁绪、惆怅、忧郁像暮色中的薄雾弥漫于诗人构建的诗歌时空。

米成洲的爱情诗《如果我老了》，读来安静、真切，诗中的岁月散发着爱情的光芒，呈现出一种天长地久的恒定与美好：

如果我老了
我们仍是镜面上那层一动不动的浮尘
任时光擦来擦去，你我安好
在安详的时间里，我们依然偎依着
你照耀着我，我照耀着你

如果我老了
我就把拐杖当作摆钟
任风雨吹打，我们保持本真
在时间的长河里摆动
在明媚的阳光里徜徉

如果我老了
我的骨骼连起你的骨骼
我们用心说话
用犀利的寒风领路
用雪白的诗歌放情

爱情的度量无关乎时间，这首诗有着“碧海青天夜夜心”般的深情，自然让人想起诗人叶芝的经典作品——《当你老了》。一个是“我就把拐杖当作摆钟 / 任风雨吹打”，那么地坚定、笃信，即使头发花白两腿蹒跚也要将爱情进行到底；一个是“爱你衰老了的脸上的皱纹”，爱的誓言与表白率真而深沉。两者的诗句皆如岁月酿造的美酒，经过多少个春秋，这种感情愈加从容，愈加醇厚，爱的境界也随之得到过滤升华。“如果我老了 / 我的骨骼连起你的骨骼”，两人经过漫长的相爱，早已你中有我，我中有你，浑然一体而坚不可摧。

诗人渴望与陌生人交流，打开心扉，感受彼此传达的一份“爱意”，让这份“爱意”驱散彼此心头的孤寂与寒冷。诗人米成洲在《他们擦肩而过》中写道：“他们来自天南海北 / 呼吸一种空气…… // 有时爱意在陌生中产生…… // 慢慢，陌生不再陌生 / 他们之间，只要一个眼神 / 只要一次握手 / 他们就会共有一个天地”。擦肩而过的陌生人，携带乡愁的陌生人，轻轻地试探，暗暗地揣测，无意间的一瞥，投在对方身上一个关爱的眼神，就使得彼此在匆忙行走中多了一个同行者，继而多了一份走下去的力量。

海子诗曰，“陌生人我也为你祝福 / 愿你有一个灿烂的前程 / 愿你有情人终成眷属 / 愿你在尘世获得幸福”，而米成洲在写陌生人时，渴望的是彼此走近，消弭心灵的距离，让世界充满爱的温暖和光照。

“诗是我走出抑郁的出口”，诗人敏感忧郁的心性是其写诗的诱因，因母亲故去而伤悼，因田野家园的安好而牵挂。

夜无眠，蛙声不断
从细雨里我仿佛触到了柳梢的颤动
从远方我仿佛看到了母亲的影子
母亲正从黑夜向我走来

母亲怀抱一捆湿漉漉金黄黄的麦子
麦子像一首涌情熟透的诗
诗的字里行间都是泪
雨还在下，在静默中，我仍像一个孩童
朝前走，我被雨打着
被寂静的上苍窥视

“黑夜”“母亲”“湿漉漉金黄黄的麦子”叠加在一起，组成一个饶有意味的意象，麦子与诗行都是湿漉漉的，雨与泪交融在一起，而“上苍”也有感于这一母子相见的画面，忍不住向下“窥视”。丰富的想象力，拟人化的修辞，为诗歌增加了语言张力及想象空间。

人到中年，常常会“望崦嵫而勿迫”，愈加感到时间的紧迫感。与此同时，常常会对童年一次次回首，诗人米成洲因而写了不少回忆童年的怀旧诗，这些往事对于诗人来说，像一串串珍珠那么可贵，呈现出童趣与童真，“小时候什么都是真的／河沟里的水没有污染／夏天在炽热的太阳下／在河水里脱得一丝不挂”。笔者发现，在整本诗集中，多首诗出现“一丝不挂”的诗句，除此还有“夜真长，我一丝不挂”，“在光的照耀下／我那一丝不挂的身躯／时而飘浮，时而消沉”。诗人在诗中如此“袒露”，所指不只是物理的身子，他向人们托出的是自己赤裸裸的灵魂。仔细聆听，这位缪斯赤子的手中弹起一曲反叛的调子，在人人都在想尽办法粉饰包装自己的社会中，诗人宁愿一丝不挂展示真实的自己。多么大胆的勇气十足的做派，诗人想以此来还原人类的本真，唤醒社会的某种沉沦，诗句含有隐喻与象征的现代性，给人提供了诗性思维的暗示与潜在指向。

近几年，米成洲走了许多国家，旅游成了他生活的常态，不是在旅行，就是在办签证的路上。他说，每一次出行“我都是从安逸中挣脱／选择出走／也是我对灵魂的抗争”。

诗行随着铁轨的延长而在大地上呈现，同样，诗翼常常御风而行，诗思亦随着飞行的高度而攀上云霄。“我随大雁寻觅辽阔／我随候鸟飞往大海／我自由的国度五彩缤纷／有巍峨的大山金色的画廊／还有清亮的鸟鸣／绿野铺开我的胸怀／浪花举起我的幻想／湛蓝打开我的心境”，诗歌在阐释行走的意义，行走拓宽了诗人的视野、心胸，激荡并丰富着诗人的精神世界，沿途所见，皆为“我”所拥有。“一条赞比西河流往大海／一条黄河流往大海／水与水交汇，情感与情感交流／生命如汹涌澎湃的维多利亚瀑布”，行走打开了生命，延长了生命的宽度和长度，使他不再成为孤岛。同时，行走为生命注入了来自四方的活力，为生活提供更多的建设性与可能性，成为想成为的自己。

但日复一日地行走，也会给思考中的诗人带来疲惫，使其未免对人生产生不解与迷惑：

我来了
我带来浑身的法术，跌跌撞撞
我奔走于渺茫
奔走于一个滑稽的自我

每个人只是时间长河的过客，“渺如沧海之一粟”“生年不过百”，而这有涯的时日常令壮志未酬的诗人有恍惚之感，我们拼命想抓住的东西常常成为一团虚无，故作为思想者作为诗人一边“夸父逐日”，一边又追问“奔逐”的意义。

“时光啊，我能否再与你一起静坐／再与你一起谈笑过往中走来走去的甜蜜／再与你一起品味清茶中的苦涩”。时光有永久的魅惑，对于过去，无论是甜蜜和苦涩，诗人都从中品味出一种美好的存在。对于未来，它那被遮蔽的未知令人痴迷，令人不惜一切去开掘时光的宝藏。

“今夜，我只关心黑夜／星辰遥远／我思念的人离我很近”，他说，黑夜是星辰的家园，在夜空，一切都很幸福，寂寞也是美的，能够长出花来。他笃定，“在黑暗的尽头，我看到了光，看到了我崭新的家园”。

忧郁而阳光，怀疑而自信，抒情而自省，正是诸多的矛盾体使凝神多思的诗人米成洲先生笔下多产，令人为之折服而深受感染，其意象多指、传统而现代的诗歌风格为阅读增加了多元的可能性。祝愿这位诗歌的跋涉者从一个境地，找到另一个新的境地，这也正是我从这部新诗集中所读到的。

2023年9月15日

（尚新娇，作家，诗人）

只差一个眼神

只差一个眼神，我就触到你了
且是夏天，一滴水珠的力量
热度、汗水都从眼前路过
爱你，不知说了多少遍
仅仅如此，你还是被一条细小的水流
或，一汪洪水冲走
走得可惜，甚至连你的身影都没记住

也许这就是我对夏天的印象
你像火一样被雨水浇灭
又像水一样不知不觉地流走
站在夜里，遍地都是你的灯塔
到了白天，我忽视了蓝天
看到的都是云

一个眼神在我额头结疤

我不想终结，草旺盛的时候我就出走

天寒之时，我就回来

想你，想你似水的眼神

2021 年 7 月 13 日

自由地躺着

自由地躺着
犹如一条即将干枯的小河
堤上的贪婪与暧昧像暗夜里的幽灵
星辰闪亮，幽灵消失

我自由地躺着
缺水的感觉刚刚适应
我努力地活着
坚强地活着

活着真好，天上有银河
地上有月光
我的身姿已身不由己
我摇摆着，呼吸着

我躺着，自由地摆动
由淡水游入咸水
贪婪渐行渐远
暧昧慢慢淹没

2021年7月16日

原本我是一个符号

上帝创造了我，原本我是一个符号
从减到加，从加到减
我一步步健壮，一步步萧条
我如时间的发条，松了又紧

象来了，我龟缩在城市的一个角落
虎豹来了，我就在河流的一旁
同类来了，我循着文字的脉络
一边研读，一边畅想

无知真好，渺茫博大无边
面对面的是无知
最深远的是厮杀

我来了

我带来浑身的法术，趺趺撞撞

我奔走于渺茫

奔走于一个滑稽的自我

2021 年 7 月 16 日

灵魂的高度

水有极强的欲望
它时刻向我的灵魂撞击
如果有人为我正名
我就做水的彼岸
即使河堤崩坍
我就站在灵魂的高度
把苦难一一征服

我是苦难的撰写者
我弓腰是为弱小的人们
我时刻想崛起
我时刻在生死线上挣扎
我要坚强！
我要向妖孽迎战！

水使我懂得活着的意义
我誓死向苦难挑战
我誓死捍卫伟大的生命

2021年8月1日

知了

立秋了
蝉趴在树上
“知了、知了”地叫着

念我的人
是在天涯？
是在故乡？
是否懂我？

今日立秋
我愚钝的心没有归属
上苍给我一个肉身
我却没有归宿

蝉叫着我的心声
我在自然里汗流浃背
走一步，退一步

我不记得失，消耗着年岁

也许我是一只走兽
只管在陆地上行走
也许我是一只蜻蜓
在乌云到来时也不知道暴雨的危害

2021年8月9日

暴雨过后

暴雨过后，一片泥泞
城市的躯壳淤进了沙粒
我在郊外漂泊
人在云里，心在下沉

唉，这不慌不忙的夜
漆黑在渲染
月色掠过人头
光亮蹿过城市的肩膀

白昼孤独，我也孤独
魔啊，你就撒手走吧
人间不是你的温床
我也不是你的俘虏

雨，拖着尾巴，淅沥沥下着
难道这是百年的恐怖？
在雨里，我诅咒恶魔
还想听到雷公的喊叫

2021年8月24日

深水

借着夜色，我总能飞起来
梦沉入深水
我走不出来
我与黎明一样像个孩子

走吧，跨出子夜
脚又被水银绊住
我开始听风
经雨的过程，我磨砺了牙齿

小时我不信神
长大后我更不怕魔
在未知的空间里
我像一只蚂蚁

水是一面镜子，埋没得深了
有人成了魔，有人成了仙

我来自魔幻的世界
还想是块石头

一边是诗的伊甸园
一边是漫长的乌托邦
有水的流动
我就努力地活着

2021 年 8 月 27 日

秋雨

多难的八月走了
木讷的九月在秋雨里慢慢打开
这秋雨，多像我幼年祈盼幸福的眼泪
少儿时，我流着泪
一溜烟就跑完了童年

而今，我还在奔跑，不知不觉
又跑完了我再也回不去的青春和年华

在秋雨里，我已看不到天穹里的湛蓝
我的祈盼早已由泪水由白云散落尘世
又随那奔腾不息的河流汇入大海

这天，多么寂静
可是，在雨里，我还是听到了风驰电掣的年轮声
那年轮，马拽不住，风拽不住
我只好在雨里徜徉

啊，在雨里，一切都被雨打疼
风景湿透了，我那一颗火热的心也被淋湿
恍惚间，我从跌倒的路上爬起
渐渐我走出了泥泞
渐渐我淡漠了疼痛

雨，淅沥沥还在下
这雨，多像一个懵懂的孩子
雨，牵动着一座城市的脉搏
牵动着一座城市的心跳

雨啊，我多想对你大声喊叫
这喊声要像春雷一样震响
这喊声要像雷电一样震撼

雨还在下，在静默中，我仍像一个孩童
朝前走，我被雨打着
被寂静的上苍窥视

2021年9月5日早，雨

也许一开始我就错了

也许一开始我就错了
在雨里，我再不能与你擦肩
再不能把悄悄话说给你听

起风时，你匆匆地走了
你回眸的那一刻，我整个心都碎了
然而，你表现得那么绝情
树停止了摇曳
蝉停止了埋怨
连河水里的青蛙都停止了鸣叫

也许一开始我就错了
我不该误解你，不该把你的温情当作安慰
不该把你的热度认为是嘲讽
你每一脚步的挪动都那么地吃力
你每一声低语都那么地失意
我真的错怪你了

你的出走是为我们以后埋下更深的思念

呵，秋雨啊
这天真不作美
这一切难道都是为了掩饰？
这一切难道都是为一行行的空白填情？
在雨里，你默默地走了
直至看不到你的身影

雨，还在下
你难道就在水流的彼岸？
在雨里，我隐约听到了你缠绵的呼吸
你的心跳还是那么激烈
你的身姿还是那么妩媚

真的，虽然你走了
但上苍带来了你的福音
听，在寂静中我听到了
在垂直的水的宣泄里
我似乎又触到了你的心跳
似乎又看到了你青春时的芳容

回来吧！

让我们一起找回童年的回忆

让我们再一次寻着青春，手拉手去看海

去云游，去天涯海角踏浪

去记忆的最深处再一次热烈地拥抱

2021年9月6日早于郑州，雨

雨落的声音

我累了
我不想在尘世间留下更多的悲伤与失意
也许这是上苍的旨意
我在世间注定有这么一遭
在与风的同行中
忽然我听到了雨落的声音

这雨声越来越大，我不能自已
我和雨融在了一起
一起哭，一起笑
一起淹没黄昏，一起呼唤黎明
在雨里，我忽然听到沉默
听到了自然的回响
听到了从远方传来的母亲的声音

母亲在那片淡黄的秋田里走着

她走进了我的童年
走进了我儿时的梦境
看啊，母亲的肩膀被雨打湿了
她弓腰的姿势还是那么妩媚
她迈步的姿势还是那么感动
在雨里，她看到了我
我看到了她

雨声，这是一种暗示
被雨打动的树叶是母亲肺叶的呼吸
一滴滴雨珠隐含着母亲的心酸
一片片落叶寄托着母亲的思念
一年记不清下过多少场雨了
可母亲的身影总在雨里
总在从远方微微吹来的煦风里

蝉随着秋风说走就走了
雨无语，秋风也停止了跳动

又是一个黄昏，起风了
还没有向夕阳告别
树上的衰叶落下又起

此时，秋想表达什么？

雨来了，漫天都是柔情
遍地都是湿漉漉的黄昏

2021年9月17日

致秋风

在寒露，秋风瑟瑟
秋风搬动我的思绪
漫无天际地，飘啊飘
我再也卸不下那陈年旧事
再也抹不掉那响彻在耳际的荡来荡去的思念

走吧，再也回不去的思念
秋风伴我忧愁，秋风伴我释怀
秋风伴我一路一路地徜徉
这秋风，这刮来刮去的秋风啊
我不能没有你，我不能剖开记忆
在我即将失去的经年里跌倒

秋风啊，即使我听到那犀利的寒风
我又能怎样？
即使我被那滚动的磐石砸倒
我又能如何？

在秋风里，我睁大了眼睛
那远方、那不老的高地、那一排排梧桐树下
我弓着腰驼着背的母亲还在向我挥手

母亲啊，您在秋风里还是那么高大
今生今世我是您的骨肉
今生今世我要伴着您
您到哪儿，我就去哪儿
您到遥远的星际
我就把整个身心献给您

这秋风，这荡来荡去的相思
始终在我耳际响彻
我爱风的坚贞
更爱母亲不屈不挠的意志

2021 年 10 月 9 日

如果我老了

如果我老了
那夕阳的晚霞真的不走?
那缠绵的晚风真的不来?
如果爱是季节里穿梭的风
那晚霞走了，风怎么不来?

这夜晚，多么静谧
静得我不能入眠
静得我忘了在什么季节
时光啊，我能否再与你一起静坐?
再与你一起谈笑过往中走来走去的甜蜜?
再与你一起品味清茶中的苦涩?

如果时光还那么有情
那么我们就回到夏夜的那棵老石榴树下
再一次面对面凝视
再一次在微风颤动的月夜里许下心愿

如果那一晚醉了，那一晚多么漫长！
那一夜多么舒心！

如果我老了
我们仍是镜面上那层一动不动的浮尘
任时光擦来擦去，你我安好
在安详的时间里，我们依然偎依着
你照耀着我，我照耀着你

如果我老了
我就把拐杖当作摆钟
任风雨吹打，我们保持本真
在时间的长河里摆动
在明媚的阳光里徜徉

如果我老了
我的骨骼连起你的骨骼
我们用心说话
用犀利的寒风领路
用雪白的诗歌放情

2021 年 10 月 11 日

寒露过后

寒露过后，秋风仍在耳际行进
这是我经年的风
这是我在人生长河里艰难跋涉的风
风啊，撕心裂肺的风
我的童年、我的记忆、我如火如荼的青春
就这么在朦朦胧胧的云海里荡去

我沧桑而悲欢的风啊
这是十年埋伏、百年埋伏
我浑身上下的痛都在这里了

风在疾走，而且一天比一天犀利
在那一望无际的荒野里
我仍能瞧见矗立在凹凸的地平线上的我
在晚霞里，我被夕阳向上托着
我的面颊通红通红
此时，我已成为自然之子

大地之子

风啊，这秋实里荡来荡去的风
何时给我带来福音?
何时赐我更激情满怀的诗情画意?
不！风戛然停止了
难道这就是我的终结?
难道这就是我模模糊糊的里程碑?

不！霜降还没有来
立冬之前的风还会更大
在洗礼之前，我会有更大的惊喜
更大的收获

但愿即将吹来的寒风
我不被风吹倒
不被所爱的人看到我御寒时的狼狈

2021年10月14日

太阳

太阳是我的透析机
太阳照耀我的同时
也透析出我的疾病

夜深人静，我能听到太阳的鼾声
在我蒙眬时，我隐约看到太阳铺设的虚幻
当我梦醒，我浑身扎满了太阳的根

每次呼吸，我都有太阳的灵动
太阳眨眼，我闭目
太阳隐去，我仍循着太阳的足迹
一路小跑，一路把内心画圆

太阳像一面镜子
太阳的光环是我的光环
太阳的黑洞是我解不开的梦境

我是太阳的孩子

太阳指引我前进

我跟着太阳一天天变老

2021年10月28日

越来越冷了

越来越冷了，我身上的虚荣越加越厚
枯叶落地，我有一阵子骨骼的疼痛
顺着风向，我越来越单薄
越来越像荒野里挣扎着的一棵小草

为了那么一丁点的喜好
在漆黑的夜里，我还是努力地从床上爬起
开亮一盏灯
又熄灭一盏灯

窗外，你是否和我一样？
手里的镜子破了碎了
漫天的星辰都向你青睐
一弯月儿是我的心病

念你的好，我又回到梦里
读着往日的时光

我试着收回曾经的蜜言
努力把自己拉回来

夜真长，我一丝不挂
星辰昭示我
你拿一把刀子
我在云里拼命脱逃

2021年11月1日

冬天来了

雨排成一队
等待下落
这时的寂寞才叫寂寞

冬天来了
寂寞被撕开
城市被风吹着
乡村被风抬着

这是一个巨大的魔洞
天容不下一个相思的人
地容不下一个四处奔波的人

这风做的冬天
难道它就是小草的寂寞?
枫叶不是还在树上摇曳?
那从西伯利亚衔来的诗句算什么?

昨天的雨都已过时
今日的风依然作浪
尘埃埋下了相思
也衍生了苦难的生活

冬天来了
寂寞的雪何时会到？

2021年11月8日

河面

河水已托不动大船
我是唯一知道你的人
河水荡漾
你仍蒙在鼓里

记不清有多少日子
我视云朵为你的救星
你放飞的失重
正与我的苦难巧合

河面的褶皱像我的面颊
你的过去我都攒着
你失恋的那天我正寂寞
我出走的那天你还在痛苦

经年的船已成朽木
走上去成为古董

走下来已成记忆

我们相向而行
面对面啼哭
面对面老去

2021 年 11 月 8 日

雪正走来

走着走着
我走失了身体
灵魂飘着
我看到前方一根倾斜的木头
风喊着我的名字
雪正走来

顾不得其他
风走一遭，我走一程
走进角落，枯叶集聚
光亮由弱变强
光照亮了墙壁上挂着的竹篮子
一棵干瘪的草不再孤单

夜仿佛退化
开始，梦是一把粉尘
结束，相思是一缕青烟

黎明开始演变
空气容不下我
云烟罩不住我

雪走来
风侵蚀的木头
慢慢向我靠近

2021年11月22日

金鱼

可恶的蚊子，有水，就有了孑孓
孑孓慢慢长大，蜕变
变成了吸血的魔鬼

金鱼能观赏，而且是孑孓的克星
于是，有了水池
有了水的循环系统

我是主宰金鱼命运的主人
金鱼在水池游来游去
孑孓从此便消失无踪

一段时间过后，金鱼莫名其妙地死了几条
我纳闷。掩埋金鱼时，我发现它的肚子鼓胀
原来金鱼也有贪婪的习性

新冠病毒不断变异
这是不是老天对人的考验?

还好，金鱼的记忆只有七秒
而我的无知恐怕将要伴随我的一生

2021 年 12 月 27 日

平静的城市

一座城市
平静着，忐忑着

魔在城市上空盘旋
一旦走出去
心跳会加速
梦魇没完没了

这是一座自由的城市
自从楼房不断拔高
生活的方式也在改变

从陌生到习惯
一走就是半生
南方的树与北方的风寒相互交织
情感变得模糊
背影也逐渐弯曲

爱不信邪
虽然魔咒在空气中传播
食物链的人依然站在高处
你帮助我，我帮助你

也许，我们都是乌托邦
驱赶着魔
咒语依然在天空

2022年1月5日

手

一只爬动的八爪鱼
总在我眼前晃动
看不到它的眼睛
触不到它的触角
它就在我的生活里
与我朝夕相处，形影不离

它像我的情人
不时地给我温存
它像我的朋友
不时地向我示好
它像我的敌人
不时地向我拔出匕首

该经历的都经历了
这只八爪鱼就是不走

也许它是我的另一个身躯

只有我消失

它才肯离开

2022年1月13日

情债

钱很重要，而对于我
仅仅是在偿还一种情债

小时候，母亲因买不起盐而流眼泪
而我，为母亲的忧愁而苦恼

长大后，母亲为我长大而高兴
而我，为一串串沾满铜绿的事情而忧虑

而今，母亲看着我慢慢变老
而我，再也买不到母亲曾经为我讲过的童话

一个个节日接踵而至
母亲仍守着我的童年
而我，却远离故乡越走越远

2022年2月14日凌晨于三亚

远行

每一次到海边
我都能看到自己的落差
相思从无边的天际飘来
我都能感到自己的孤寂
风无形，却异常地动情
海浪滚滚，浪花里有高潮，有低落
仰望蓝天，我想吐露真言
面朝大海，我只能深情地凝望

海啊，我什么时候才能走出你的胸怀？
我什么时候才能猜透你的心思？
海风，海浪，我那抑制不住的心潮啊
被海水洗涤的沙滩就这么弱不禁风
我被奢望簇拥，我被美丽诱惑

逃离寒冬
我感到了另一种温暖

在海边，被侵蚀的沙粒
时而退却，时而涌动

在波涛汹涌的海面
我看到了一叶小舟
在漂泊，在远行

2022年2月13日于三亚
2月15日早修改于西沙

被水点亮的天堂

水由于渲染，云也不叫云了
水的深度用墨形容
水越深，墨就越浓

被水包围的岛已成水国
水国妩媚，水国的诗者在飞翔
岛与海和睦，诗被美色宠着

这是一座被水点亮的天堂
天堂里住满了欢愉
住满了南来北往的候鸟

寒冬是水国的弄潮季
万千人走出喧嚣
万千人追逐海浪

2022 年 2 月 17 日于三亚
2022 年 2 月 19 日早修改

世界

世界不能随你而动
世界不能随我而静
我是随风的寰尘
摇晃着，起伏着

这世界很空
空得容不下我
这世界很小
小得使我脱不了身

天上的蓝是我的眼睛
我的眼泪布满了世界

这世界是空的
你我在思想中流动
太阳赐我一道霞光
你在尘世间徘徊

2022 年 2 月 21 日

辨

吃萝卜，啃骨头
读诗，品茗
一物质，从感觉到无知
有人说东，有人说西

世外有桃源，有荒芜
水与山冲动，天与地交融
黑魔化着世界，白颠覆着认知
墨是情感，骨是笔架

诗是我走出抑郁的出口
出走那天，我告别了往日
从此，我搭乘黑夜
从白昼穿越白昼

我走的轨迹是一条曲线

于是，我做到了

在无味中觅养分

在多彩中辨是非

2022年3月7日

她走了

她走了
就从我眼前驶过
就从我耳膜跳出

她是我青春的缩影
像柳梢一样，经风一吹
一岁一岁的光阴
就成了一个一个的轮回

她走了，像飘飞的蒲公英
娇柔与虚华都融进了土地
她只管拓展羽翼
她只管朝远方行进

是啊，那年少多像滚动的石头
青春燃烧着，熄灭着

恋爱后的人生
分分离离

一杯苦涩而又香甜的咖啡
殊不知，北国的寒霜有多厚
南国的椰子落了又结

她的由衷是一顶油亮的乌发
她的化身是一地茁壮的野草
她是爱恨结合的胴体
她是甘甜醇美的烈酒

她走了
一走就是一世
从此，我只有缺失
从此，我只能回忆

2022年3月7日

我离太阳很近

朝着光
一步一步走着

七岁那年
我萌生了忧愁
我贫穷，我饥饿
但我离太阳很近

儿时的目标不远
放学后打满一篮子的野草
听猪的哼叫
看猪填饱肚子后的奔跑

猪的希望是填饱肚子
我的幸福是天真无邪

年末，村西头的那棵老槐树总向我抱怨

冬天为什么老白?
寒冷为什么住在咱村?

我的温暖都在书包里装着
我不寒冷，但我缺少沉重
缺少一双硬邦的羽翼

我的视野不大
慢慢飘飞的白云送我去天际
风带我去哪儿，我就去哪儿

年少像火苗
我的心燃烧不止
看着南飞的大雁
我联想到麦苗
联想到自己

离开村子那天
父母围着锅台
我家炊烟比别家的炊烟升得都高
我想说的，那棵老槐树都为我保留着

我走后

村南头的黄土里仍生长着我的童年

如今，我住在都市
乡亲们总给我托梦

2022年3月10日

在春天，我想恋你

寒冰刚融化
梦魇堆起的春天站了起来
都在说悄悄话
唯独你，唯独我
不愿吐露真言

春风吹开了心门
一盏一盏的红灯笼张开了笑脸
柳叶妩媚，风也妖娆

此时，在光阴里不必赶早
黑夜里沉淀着美梦
白昼还没有把思念打开

在春天，我想恋你
怕惊扰你的青春
耽误了我下山赶路

2022 年 3 月 10 日

倒春寒

炊烟袅袅
沉重的相思又带我回到过去
阳历三月
村南头岗上的麦苗与父亲躺在一起
春风吹动时
父亲从田间站了起来

农历二月十八是父亲的忌日
这一天的麦苗都不肯抬头
这一天的风一直朝向父亲
香火燎去父亲的寂寞
也把我带进从前

倒春寒，天不知不觉又冷起来
我能为自己添衣御寒
却不能让上苍降下一场雪
为父亲与麦苗遮盖对尘世的虚幻

起风了

倒垂的柳梢无奈地摇头

卧倒的田野仿佛矗立起来

我走不出田野

思绪一缕缕长成了麦苗

2022年3月24日

诗的重量

我知道酒的重量
诗的重量
我的祖先是粮食的化身
酒的化身

我羡慕我的祖先们沿着一条不归之路
——那是太阳出生的方向
太阳之子不会没落
我也不会没落

看啊
我的姊妹们亦加入到食酒的行列
食酒后的姊妹们忘记了自我
她们和我一样，把酒当成了欢愉
把酒当成了现实

在步入死亡的行列里

有一最先爬上山冈的人
我忘了她的名字
是她触动了我的灵魂

我羡慕四肢着地的行者
它们逃避人类的野蛮
但不逃避人类的无知
它们在自由里陶醉
在空旷无垠的原野里驰骋

我知道酒的重量
诗的重量
食酒的人也想爬行
作诗的人也想升空

2022年3月25日

风啊

一股不知名的风
席卷而来
它来自无名之处
龇着牙，舞着爪

在那风里
能听到撕心裂肺的疼痛
弱者战战兢兢
强者握着拳头

春风吹落一地的殷红
小草们艰难地向上蹿动
魔在肆虐
魔要篡改春意

这风啊
无休止地刮着

哪怕它跌进河里

哪怕它停滞在街口

善良的人都会原谅

风啊

这是一股变异的风

暴雨过后

我想在清净的心上栽上万千棵祈祷树

闪电过后

我想在土里栽上成排的万年青

漫天的蓝，成片的云

还在我写的诗里

2022 年 4 月 14 日

月光之上

再没有比月光更幸福的了
月光之上
我看到了前世

姊妹们，快来看
地上的河流漫过了祈祷树
我们的血都凝成了黑土
我们的都市已被洪流包围

兄弟们，快把握紧拳头的手打开
我们能抓住的月光不多
时间正与光阴赛跑
死亡正向我们一步步逼近

母亲的岁月是从血汗里走出来的
有月光的地方就有母亲的脚印
我们走着，艰难地走着

我们已与魔道狭路相逢

月光之上

我看到了潮流

城乡的河流已经连通

城乡的土地上已蹿出成排成排的万年青

2022年4月18日

梦在鼓里

年轮滚动着
石头撞击石头
光在碰撞
动静擦出火花

清晨，麻雀叽叽喳喳
梦在鼓里
一扇门关闭恬静
一扇门将喧嚣打开

耐不住寂寞的马
蠢蠢欲动的主人
混淆世界，意在掠夺
分划时空，企图占领

魔在横行
挡不住的洪水

石头啊

谁来驯服这匹骄横的野马？

谁来评定这场躁动？

一个拂晓又一个拂晓

天仿佛涂上了异彩

马长出羽翼，成为意象

麻雀飞离巢穴

也开始哀叹

2022年4月18日

朦胧的四月

一个眼神
也许都是错觉
一个燃烧的火团随即湮灭

四月
——我朦朦胧胧的四月
春天真的这么天真
一地的殷红渐渐散失
漫天的虚设都处于平静

我是顺着潮流逆风生长的梧桐树
高楼、皇冠都是我笔下的提问
我热衷的火，燃烧的爱情
都被我深埋进黑土

四月
——我朦胧的四月

金黄的麦子就要出世
那一个眼神
那一个错觉
这也许是我前世的修行

四月朦胧
四月又继续燃烧

2022年4月24日

喜鹊

一夜不眠
就是为了等清晨早起的喜鹊

喜鹊叽叽喳喳
喜鹊栖在树上
它距我家的房子不远
离我的心很近

喜鹊拍打着翅膀
愉快地唱着
它唱出了我的心曲
驱走了我腹中的胀气

透过窗帘
我似乎看到了它抛给我的媚眼
它似乎在说：我爱你

它想表达的都唱给了天空
通过时空，我想知道
喜鹊越飞越高
我的心越沉越低

雨天
我躲避雨淋
喜鹊栖在巢穴
仍不忘了向我传递美好消息

一夜不眠
我在等喜鹊
还在等与我一样不能入眠的你

你像只喜鹊
虽走不到我身旁
但仍在叽叽喳喳地唱

2022 年 4 月 24 日

笔在行走

其实，在世上我一无所有
我仅有的一支笔还活着
它立在山冈，顶着逆风
它不停地在唱，唱着七姐妹
唱着我所爱的人

笔在行走
七姐妹是我的最爱
她们经受着风雨雪霜
顶着魔的诅咒
和我一起舞弄风情
谱着心曲，速写着尘世

昨夜我一夜不眠
我把我爱过的七姐妹写成文字
定格在我的笔记本里
她们的欢笑是我的欢笑

她们的苦恼是我的苦恼

今世我不遗憾
我仅有的一支笔还活着
它与我同甘共苦
它的一切是我的一切

笔在行走
我在追赶
七姐妹要嫁人
我就随她们而去

2022年4月25日

光

也许我会在黑暗中死去
也许我会在光亮中死去
在光的照耀下
我那一丝不挂的身躯
时而飘浮，时而消沉
头颅又要分离我
时空越涨越大

光离我很近，也很远
在遥远的光里
我像一滴苦难的水
水随风而行
我不停地奔走
不停地眺望

光是我喂养的一匹野马
马想去草原

我想去找我心爱的人

光的远方还是光

我不停地奔走

我想找到我希望的墓穴

与野马一起合葬

再也不离开养育我的这片土地

2022年5月6日

尽头

高楼的尽头是天空
城市的尽头是原野
今夜，我在城市的尽头
相思

黑夜像一具僵硬的死尸
黑夜像一个深不可测的幽灵
在这漫漫的长夜
我看到了无数个哭泣的星光
看到了一个站立着一直凝视窗外的孤影

你在等时间的尽头?
你在等我从远方归来?

天空，除了希望一无所有
高楼压垮了肉身

原野里的草继而衍生

你有我的情感

我就把你铸进我的头颅

2022 年 5 月 6 日

一个人的世界

一个人的世界
地球、月儿、山川、城市、乡村
都是我的
打开窗棂
一个喧嚣的世界不复存在

夜，真静
你在寂寞的那头
我在相思的这头
风掠过人居住的城市
一颗星星在眨眼
千万颗星星在跳动

一个人的世界
一个人在拖动世界
思念真好
一个人联想世界

千万个人流露真情

世界很大，也很小
风来去无踪
你在朦胧中遐思
我在尘世间普度

2022年5月7日

夏天到了

喜鹊在我家窗外的树上
麻雀在我家窗外的树上
喜鹊叽叽喳喳
麻雀叽叽喳喳

昨夜，我在回乡的梦里
布谷鸟盘旋在上空
不停地叫：醒醒吧！该醒醒了！
原来，往年的这个时候我都在踏青的路上

夏天到了
原野的火狮子被封在城外
布谷鸟在空中盘旋，像信使
在静默的空气中，我能听到
麦田里麦子扬花的声音

“快解封了！快解封了！”

是喜鹊还是麻雀在叫?
我隐约感到风钻进了我的耳膜
是夏天的大手在挥动
是站在山冈上的母亲正向我挥手

夏天到了
火狮子在城外徘徊
我看不到欢颜的麦子
身子一直往下沉

2022年5月10日

自由树

一个人
自由地躺着
自由地站立
自由地走着

一棵树
自由地生长
长弓了腰
长弯了臂

我躺在自由的梦里
与时间赛跑
想起一棵树
想到一块石头的滚动

街道像我一样空荡
我能听到风的走动

我有飞翔的感觉
又有跌落的恐慌

这个世界可悲
在自由的路口我总是来迟
有风罩着我
有风把我推向深渊

也许我是自由的因子
随风雨疾行
被太阳炙烤
被月光婆娑

2022年5月13日

城市的街道

有的路，走着走着就断了
有的路，走着走着就通了
城市的街道，像天上的银河

我是夜行者
走进一个人的视野
走进一颗星辰的视野

一座城市的街道
放眼望去
一条河流在流淌

这几年，天不作美
我被城市围困
我被一股邪流围困

路
有时在脚下
有时在天上

街道的前方总有一双黑眼睛
它刺伤了我
也照亮了我

有的路，通往天堂
有的路，通往地狱
我的路，通往一双黑色的眼睛

2022 年 5 月 19 日

也许高楼太高

也许高楼太高
我的视野被一座城市围困
也许窗外的喜鹊太眷恋我家
它久久不肯飞离
也许我爱的人离我太远
她始终也走不到我身边

也许暗夜太长
我始终走不出梦境
也许母亲站在山冈的风太大
我听不到她呼唤的声音
也许年轮太过于古板
我已听不到光阴驶离我的声音

漫漫长夜
我走进了田野
走进了儿时走过的沟坎

麦子敞开胸怀向我走来
银河淹没的山冈上
蒲公英的花絮在飘扬

喜鹊叽叽喳喳
我看到了它身边的麻雀
还有它栖居树枝的晃动
风不温不火
母亲在远方有话要说
思念的人在远方欲言又止

2022年5月23日

拂晓，地平线开始燃烧

拂晓，地平线开始燃烧
蒙眬的人慢慢苏醒
梦中的人继续做梦

走出地平线的人开始往火里加柴
火越烧越旺
观火的人在眺望
弄火的人舞出各种姿势

这一天是七姊妹的日子
这一天朝气蓬勃
兄弟们为日子增砖添瓦
姐妹们为日子锦上添花

快来吧
喧嚣的街道继续喧嚣
僻静的小巷继续僻静

火灭了

地平线处于寂静

一棵小草探着脑袋

展露笑脸的麦子缄默无语

2022年5月24日

玄念

一只蜻蜓
总喜欢在下雨前演练
也没有结局

一只风筝，被人牵着
一个空想者
无依无靠

一只蝴蝶
向往着蓝天
释放着自我

一只麻雀，落到尘世
被忽视的多
被尊重的少

一只乌鸦，不忘本色

总接近人间

不知悲苦地叫

一只喜鹊，叽叽喳喳

总想把昏睡者吵醒

使抑郁的人不再抑郁

一个虚无的人

望着天空

越来越玄

一棵小草，探着脑袋

向风示好

向光示爱

2022 年 5 月 26 日

这不是一个人的世界

活着，我终于明白
这不是一个人的世界

爱与被爱
那是时间的产物
有人得宠，有人失意

这不是一个人的世界
七姊妹有苦衷
光阴也有说道

来吧
无性也会泛光
阴阳共处一个世界

自由行走
佛洞察到时空

道悟出了真理

一个人走过的轨迹
有时坦荡
有时灰暗

我在行走的路上
默念着死亡
默念着再生

2022年5月31日

假象

在熙攘的大街上
行走的人既为猎物也为掠食者

华丽的衣裙，粗陋的着装
遮掩住了蠢蠢欲动的欲望
男女器官的亢奋、痛苦
像一股暗流

自由的空气稀疏
空虚的人空虚
奔波的人匆忙
人与人之间蒙着面纱

写一首赞歌吧，歌颂你所爱之人
她在你面前，就隔着一层绣纱
她是你的月亮
她是你想要的整个生命

一张纸能写下几十行情诗
但容不下一场姗姗来迟的狂风暴雨
等待是一种痛苦
憧憬是一种痛苦

阴道、阴茎都长着毒瘤
难以言说，不易医治

大街上，人车扬起了浮尘
喧嚣鼓动了假象
光阴抹去了泪痕

2022 年 6 月 1 日

漫天的星光是我的桂冠

漫天的星光是我的桂冠
其中的一颗是我遥远的梦里
追逐过来的爱人

梦在照耀
我在朦胧的路上

星光点点，星光汇成了亮丽的诗句
我在诗里，我爱的人也在诗里

等待幸福而痛苦
然而，我做到了
我用热泪浇灌痛苦

昨夜的繁星哪儿去了？
我禁不住追问年轮
追问我失去的再也找不回来的憧憬

漫天布满了星光

我按捺不住，一夜无眠

情诗载着我，我像一叶小舟

在银河里畅游

2022年6月5日

你是我梦中伊人

天空湛蓝，有时灰白
天空时而降下石雨
人间的疾苦，神知道

你的眼睛，洞穿了我
你的秀发，像风动的柳叶
你的脸庞，淡漠了尘世

除了思想我一无所有
除了灵魂我都是骨架
我给你的不止眼睛
我给你的不止胸怀

四季除了风尘还是风尘
年轮除了不近人情还是无情
透过风尘，我把你举过头顶
投进浩瀚无垠的天空

听石头、火花的故事

白昼很美
你是飘在我头顶的七姊妹
有蓝天就有白云
有白云就有飘逸

夜很美
你是我梦中伊人
你被我感染
我被你陶醉

2022 年 6 月 6 日

油灯

坠入星空，落入尘世
一盏苦难的油灯被母亲点亮
从此，我知道了灯的光芒
母亲的希望
我的希望

老屋内的那盏灯还在闪
我看到了母亲的影子
星辰投下光芒的影子

梦是一条河流
灯是水流的彼岸
灯不熄灭，梦不熄灭

灯熄灭的过程
我看到了光的大写
死亡的厚重

站在夜空

我像一盏即将熄灭的油灯

只要母亲还在加油

我依然是浩渺天空里那斑星光

2022年6月21日

热度

天炎热，也许这是上苍投射的热量
也许这是地上行走的人心过于苍凉
笨拙的走兽走着
智聪的人一走一徘徊

六月，天逃脱了一场灾难
大雨不来，火龙一溜烟地滚动
自然像块雕塑的石头
思绪像团飘飞的云雾

白日，阳光打在脸上
有一失恋的感觉
夜晚，时空模糊
出走的念头萌生

走就走吧
有人已成为石头

有人心已飘飞

也许一切都是天意
月儿有时像丑女
阳光有时像毒蛇

2022年6月22日

雨说

也许天太过于怜惜
一场雨来之不易
尘世间的苦难只有蒸发
才能看到一个活生生的现实

雨说，苦难都会流动
都会散失
人间的疾苦都是生活的写照
都是生死的提炼

起风了
还不能把五官端正
还不能把酒杯端稳
还不能使夏风矜持

雨来了
这世道只有一个假设

虚幻的还在虚幻
现实的依旧现实

雨停了
云雾伴随我
天穹还在肆意扩展

2022年6月24日

白云落在祁连山

白云落在祁连山，牛羊成群
青草被蓝天罩着
实在走不出避风的山冈
实在走不出绿色的海洋

今天是灌木林欢颜的日子
这无边无际的草原啊
我与祁连山一样高
我与蓝天一样高

白云落在祁连山
绿意飞扬
青草悠悠
牛羊悠悠

百里油菜花
千里祁连山

这里是慈祥的银河
这里是牛羊的天堂

今天是青草的节日
我远途到此与牛羊一起见证
远方的祁连山有雪
广袤的草原上有我

2022 年 7 月 9 日于青海祁连山国家公园

古镇

嵌在地下的石头，被人马踩着
一直在沉默

我们的先人直至父辈
为了给苦难重塑印记
为了给年轮增添光环
忍着痛，祈盼着，等待着

他们不走，我们又来

街道的石头呼喊着
我误解了街市的喧嚣
流经人心的山水依然清澈
搬进街道的林木依然青春

在溪水的流淌中
我听到了山峦颤动的声音

冻雪跳跃的声音
山林里的风吹出诗歌的声音

中原的盛夏，丽江的春秋
从云雾里，我来了
重走茶马古道
昔日的老马已成白骨
街道上铺筑的那些石头
依然立着，仍向我示意

2022 年 7 月 20 日于丽江束河古镇

年月

隐约感到，不知哪一年
曾经来过的地方又被雨淋湿
在雾里，我看到了那时的自己
雪山被雾笼罩
白色的黑色的都是梦

那一次，梦是青绿色
而今，梦变得灰白
趁着青松不老，踏着洗净的木道
我还能在摔碎的时间里找到空格
雨也有感知，大山与铺开的草场都与我共鸣
羊“咩咩”地叫着
雪山激动地流淌

这山，这雾
——这就是我的年月

此时此刻，我情不能自已

草青青，雪山在望

在森林，万物丛生

2022年7月21日于玉龙雪山

行走的路上

总感觉行走的路上，脚步是空的
方言、美食、不知名的老街道、古宅
占有欲、满足感促使人愉悦

我努力地走着，跋涉需要体力
我想跟上时代

雪山距我很近，一会儿在雾里
一会儿在蓝天里融化

我想走出自己的世界，包括爱情
包括乐极生悲的头脑

在风景里，我想走下去
力争找到蜕变的自己
把自身当作朽木来惊世

要么，我就与草木为伍

一年四季贴近黑土，把自己培育健壮

在行走中，不怕风雨

不怕被洪水冲击

2022年7月25日早于丽江车站

恬静的城市

偏僻的城市有我的家园
许久没有关顾
别人家的花猫是否去了我家?

千里迢迢到此，我要触到我的东西
打开房门，刺鼻的霉味扑面而来
原来，所有的东西都会变质
天空高高在上，蔚蓝共有
白云属于大家

恬静的城市住着恬静
在这里我没见到花猫
与我相依的是一片片的花草
还有成长茁壮的温带植树

你好！腾冲
我想享用的是这里的空气

还有远离喧嚣的恬静

家园在世外
一切恬静属于我

2022年7月30日早于腾冲

世外，有一双眼睛

世外，有一双眼睛
草木看着我
动物窥视我

狮虎猎物，从不素食
我无知
我纳闷

猿猴是我的近亲
它恐惧我的野性
藐视我的无知

我想与草木为伍
花草嫌我有铜臭
树木嫌我对世道不恭

在世外，我渐变成一缕清风

渐变成一缕空气
太阳走，我也走
月儿走，我也走

在世外
有一双眼睛
看着我

2022年7月31日早于腾冲

泸沽湖

水在山的怀抱里长大
渴望，祈求
湖蓄满了涌动，蓄满了希望

泸沽湖啊
静谧的泸沽湖
我是行走的旅者
千里迢迢，我是寻着你的神秘而来
在雨里，我是听着你的呼吸你的呼唤而来
雨过天晴，我就立在你面前
紧贴你的胸怀，与你的心紧紧连在了一起

夜幕徐徐降临，你不肯收起笑脸
不肯将黑暗投射给我
微微凉风吹来，湖面上那微波
远处那静谧的崇山峻岭
似乎都在向我示意，向我问好

我不想失去这短暂的时光
不想惊扰你对我的注视

这一夜，我想沉浸在幸福里
把满腔的热血都投进湖水
把一生不愿言表的惆怅用湖水冲淡
把一生的疲惫借湖水冲走

夜很美，我不能自已
我是从天而降的一阵风，一粒寰尘
我不能与湖水一起同甘共苦
不能与环抱你的群山一起激动
过了这一夜，我还要赶往他处

清晨，我像湖水一样静谧
我不愿失去这恬静
不愿给你留下他念
我走了，也许不会再来
但我会把祝愿托风托雨一次一次地捎来

泸沽湖啊，泸沽湖
我走了
我永远永远是你的探寻者

哎，湖面上生长的水性杨花

那多美！然而，我不是！

我是一粒微尘，不为虚华

今为憧憬而来

我想乘东风，一览广袤的大好河山

为无知，一直探寻

2022年7月24日于丽江泸沽湖

2022年7月31日早修改于腾冲

热度

一个转身，十几个夏秋便成为过去
昨天，我们正当时
一杯酒红了脸庞
二杯酒晕了天地
三杯酒燃烧了年岁

千里迢迢奔你而来
老远我看到了秋天的热度
——杭州的胸怀
——黄山的迎客松

溜走的时光已成为云烟
我们跨越大江南北
我们穿过蓝天白云
我们在山河的颤动中飞奔

我们来了

我们重温昨天的话题
我们畅饮昨天的老酒
我们憧憬明天的喜悦

来了又走
走了又来
我们有无数次离别
我们有无数次重逢

风，来去无踪
情，一浓再浓

2022年8月11日晚于杭州西湖

细小的声音簇拥着

细小的声音簇拥着
有耳语，有牙齿的摩擦
紧闭双眼，似乎还有风的走动
静谧是一种心境，也是奢侈品

我想大声疾呼，试图使妖孽止步
然而，河水汩汩，草木微微颤动
魔像把刀子，削着风，削着雨
我在静止中聆听过往

细小的声音簇拥着
石头也不安稳，磨成棱角，碎成沙子
河滩蜿蜒成一条大虫，依然匍匐
不屑一顾的水潺流着，涤荡着

我想在躁动中安顿下来
然而，那河水，那潮汐
那历历在目的波涛
一直在翻滚

2022年8月15日

夜静思

浅秋
残留的夏火依然毒辣

一条人工河
从我梦里穿过
掉进河里的月儿弯曲着

我是一只顺水漂移的小舟
你是一片掉进水里的落叶

青蛙哪儿去了?
蝉儿哪儿去了?
柳梢垂摆，像在捕捉丢失的情愫
河水汩汩，像是一个人在洗涤残留的心伤

夜啊，这不明的物质从哪里来?
无眠的星辰看着你

望着我

中秋渐近
一阵秋风轻拂眉宇
一弯半弦月慢慢变圆

你在舞弄内心久置的夜曲
我在打开速拍你的快门

2022 年 8 月 24 日

秋殇

今年的秋天
像极了我的情感
大多地方干旱
我也不例外

去杭州时
四十度的高温禁锢了我的头颅
登黄山时
簇拥的人流挡住了我的视线

秋来秋往
我沿着地平线
从期望的最低处
驶往高处

秋风，秋雨，秋思
我平静地坐下

又平静地站立

蝉知我心声

只要环境适宜

它就会歌唱

2022年8月25日

黎明，总感觉有人来过

黎明，总感觉有人来过
她像一盏灯，从黑夜里走来
又走向黑夜

马马虎虎的我，像被人击了一掌
只感到疼痛，未感到幸福

原来，想象的是风尘
是虚无

前行的路很多
有马道，有阡陌

她在前方，有光亮指引

她视我为木头，视我为季节的小丑

努力找到她，是我方向

我想告别昨日，重新回到母体

2022 年 9 月 2 日

黑暗的一面

我黑暗的一面也很温暖
它就在我枕下
紧贴我的后背

有时在梦里，它会大声喊叫
把我的一生撕破
在地上留下一道一道的血印

梦醒后，我会披一张人皮
云里雾里到处游荡
做鬼，捉鬼

我黑暗的一面也很温暖
它安慰我不虚，不躁
不要把光明作为唯一

黑暗是一面镜子

它遮住了我的隐私

也指明了我的出路

2022年9月5日

离心最近的地方，花开了

离心最近的地方，花开了
泛潮的心，开始荡漾
音乐响起，秋叶纷呈

年华像荷塘
落叶像起伏的音乐
年年岁岁几春秋?

我想载秋风而去
为内心的那盏灯
为那滴晶莹剔透的光亮

入秋，我轻轻地走来
生怕踩破那滴伤感的雨珠
中秋，我随心徜徉
在一片荷塘月色下咏怀

不入深秋难识月
不入花海难知春
我的心像花一样
花开花落几度秋?

此时，花离我很近
我离花渐远

2022 年 9 月 5 日

媒介

空气是我快乐的媒介
我触到了你
也触到了她

风是我活动的因子
触不到你
我就像落地的尘埃
触不到她
我就像落魄的魂灵

风刮来刮去
你藏住了我的内心
她带走了我的情殇

空气是我写给快乐的书信
你包容了我

她爱我爱得极深

空洞的世界
总有风风雨雨

2022 年 9 月 16 日

我怕

我怕
没有你
我的城市会变成废墟

我怕
没有你
我会成为一把泥土

天上的星辰是你的眼睛
在梦里我感知到你的存在
在逆境我触到了你的力量

我担忧的幸福是死亡
我担心的是你把我抛弃

2022年9月16日

鸽子，我可爱的白鸽子

蓝天，飘着白云
一群自由的白鸽子
围着你，围着我

啊，秋天的颤音在我耳边萦绕
一群幸福的白鸽子
跳起来，舞起来

鸽子，我可爱的白鸽子
蓝天离我很近
白云离我很近

多么惬意的秋天啊
我像一只无语的鸽子
人间多可爱，人间多美好

鸽子，鸽子

天空任你飞翔

大地任你驰骋

此刻，你想去哪儿?

蓝天降下福音

啊，鸽子

我可爱的白鸽子

2022年9月20日

誓言

——致一对走入婚礼殿堂的新人

一切誓言，在金秋扎根
秋风像月老
像来自四面八方的祝福

今天，一对新人喜结连理
从此，你们踏上了幸福之路
你们是童话故事里的主人
诗与远方被你们启动
祝福你！祝福一对情爱至深的新人
从此，生活就是你们绵延的情诗
远方就是你们没有边际的温暖的家

今天，幸福之旅已开启
行动是真挚的语言
来吧！日月在见证
这幸福的一刻是人生的起点

这灿烂的一刹是一生的光亮

走吧
跨越海阔天空
在爱照耀的世界
在继往开来的远方
用青春与爱燃烧激情
用幸福之笔再续动人的诗篇

2022年10月2日于南通市

水稻

无法追赶时间
我是速度的牺牲品

窗外，光阴在切割时间
水稻的深情在水里
切莫说那些风凉话
因为，有故事的人在奔跑

水说：我是奔跑人的生命
平静的人说：水稻是我收割的牺牲品

速度
我无法接近
时间

也无法离弃

归途

在生命的源头延伸

2022 年 10 月 9 日

或远或近

或远或近
我听到秋风抓耳的声音
水稻挑起心动
草缄默无语

此时，水想表达苦难
我想嘱托后生

也许，我是麻雀的头鸟
一棵树颤动的词语
打动了上苍
感动了一个在自然徘徊的人

秋风像把刀子
锃亮的一面舞动着生活
污垢的一面自残着快意

或远或近

纷落的树叶找着归宿

水稻被我收割

水向我的血液渗入

2022 年 10 月 12 日

尾巴

直至今日
拖了几千年的尾巴仍被我忽视
还是渐变的秋风能理解它
日子平平，空气中紧张蔓延

昔日战火，今日守护
乌托邦，哲学
掘挖墓穴，再置坟茔
尾巴像草一样

我是思念的牺牲品
你是遗忘的守护者
我们携手而来
又依依不舍地离开尘世

追逐，苦了我一生的旅途
你走时展现的美丽尾巴

我不忍心回望的眼眸

走吧，走得越远越好
几千年都已过去
还差这世间的一刹？

秋风瑟瑟
落叶归根

2022年10月15日

天气

天灰蒙蒙的
好似我胸腔挥发的怨气
秋风不迎合我
我也不迎合秋风

枫叶在表达日子的金黄
落叶纷纷，走在过往的记忆里
前不着边的风景祈盼有人观赏
近在咫尺的人感叹不能互动

重阳节那天雨下得很大
有人说今年是暖冬
走出家门，遇到一股冷空气
我不能用诗写意
只能在内心默默地祈祷

栖居在树上的乌鸦一声怪叫

它是用另一种语言向我警示
人鸟兽走的路一样，虚虚实实
黑白是上苍布设的游戏里的色彩
善恶都能共存一处

出门看天气
我知道的
微小的蚂蚁也知道

2022年10月17日

麦地

走进麦地
我是麦子的王者
美丽的天空
麦子是日月的守望者
我是麦子的寄望者

十月在地下绞痛的麦子啊！
你出生后就经历严寒
在雪的拥抱中你长成了姑娘
在风雨中亭亭玉立

麦子啊！我苦难的麦子
你是母亲一辈子流不完的眼泪
你是父亲融进土里的魂

麦子啊！我希望的麦子
五月的金黄多么耀眼！

我为葬在你身边的小草致哀
小草的牺牲卑微而伟大

我是麦子的王者
也是小草的杀戮者
母亲的眼泪滴成了我希望的血
父亲的影子融进了我的灵魂

2022年10月22日

窗外的风

风，从窗外吹来
一丝秋意，一丝相思
空气开始静默
一个人影若隐若现

神驱赶着魔
一群麻雀不再静默
一群鸽子飞来飞去

喜鹊去哪儿了？
天使陆续登门
先是检测
后报平安

窗外的风微凉

透进心里的潮是热的

风摆来摆去

墙壁上都是你的大写

2022年10月22日

城市的天

城市的天空有一道墙
是密集，是欲望
流通的风已成为风景
静默的人静享寂寞

秋风遇到风景
流水依然哗哗地流
我坐在水上
用水写诗

我的视野堆满了坚石
花的世界堆满了堕落
我的世界是花的世界
石头被风化，我已返尘

城市的天空明亮
我有去天堂的信念

也有落叶归尘的默想

形形色色的走兽
我像一匹汗血马
又像一只羔羊

2022年10月23日

沙漏

我是白天的沙漏
我记得时间碾轧的过程
和粉碎忙碌的幸福

走进黑夜的梦境
我记得梦魇的纷扰
和我要出走时说过的誓言

我是子夜里的一盏灯
我铭记等待的痛苦
和即将到来的希望

从黎明出走的第一缕光
我知道出行遥远
时间有限

我想聚焦在黄昏

把漫山遍野的霞光投射到内心

一直扩展

一直放亮

2022年10月29日

家

一直走着
一棵老槐树，一群觅食的小鸡
我老远看到了坐在青石板上的母亲
望着天空在给晚辈们讲故事

走着走着疲惫了
一间透着亮光的老屋
向我招手

雨下得很大
我下意识地跑起来
嘴里呢喃着
依然奔往故乡

母亲的身影像飘在村子上空的云
云里的微笑声抹去了一天的劳累
远在他乡的我，无论听到什么风声

我就立刻回去

一直走着。走到天边
天空的白云总伴我左右
看着风景
我想回到故乡

走着走着累了
我停下脚步
油然想起自己的童年
母亲像那间老屋
我像天空那团飘移的云

2022年10月29日

落叶的声音

树叶和我一样
也有老的时候
听落叶的声音
秋风瑟瑟
树叶飘落

我喜欢树叶站着的姿势
它一颦一笑很像西施
它笑得灿烂
悲得怜悯

春天是树叶的青春期
我羡慕它的时候
它正窥视我
不能释怀

夏风犀利
树叶依附的树枝摇来摇去
蝉无知地叫着
我被火烧着

秋天壮美
树叶悲壮
树叶悲伤地失落
而我，仍在平静中写诗

树叶很坚强
即使埋在雪里也不惧
树叶有哭的时候
我有宣泄悲伤的方式

2022年10月29日

落叶

无论怎样，霜降之后的平原
从树上飘落的叶子照样会遮住一片光阴
那些不肯降于命运的叶子仍在枝头摆动

原野静得出奇
一座城市静得出奇

静默之中，不免对自己的过去怀旧
对自己所犯的过错愧疚

在朦朦胧胧的梦境里
流经内心的那条河流仍在潺流
儿时在河水里一丝不挂的景象
少时寒夜在露天广场上看电影的场景

一捆干草换来的满足
一篮猪草换来的充实

是啊，躺在田野的先辈们都在看着
我的光阴你的光阴都是这么过来的

晚秋是最怀恋的季节
依依不舍的落叶带走了过去
接着冬天就要来了

大雪来了
我那掩埋地下的树叶啊

2022 年 11 月 4 日

冬天就要来

受难的秋天就要向昨天告别
受难的叶子还在告别树干
失落向天空告别
木讷向失落告别

唉，这挣扎一世的年轮
此时的夜空多么寂静
夜光照亮的幸福多么虚无
一片落叶孤独地走着
一座城市艰难地走着

苦难的年轮，受难的年轮
撰写寂寞的苦难多么难熬
我把自己写成了苦难
我把诗歌写成了日子

初冬将至
初冬的快马还在远方停滞
受难的寒风正在路上

冬天就要来了
别了，我年轮碾轧的苦难
别了，我依依不舍的秋天啊

2022 年 11 月 6 日

早起

早起，我听到环卫工与树叶的对话
环卫工打扫着树叶
树叶嚷着要到另一处去生活

此时，城市的街道归环卫工所有
树叶成为寂静舞蹈的符号
从子夜里脱生的黎明很美
新的一天就这么诞生了

沙沙沙
树叶跳起了舞蹈
角落里传出微弱的情动
光开始四射

这一天，早起前

一座城市静悄悄

这一天，早起后

一座城市开始沸腾

2022年11月18日

我仅记得你的名字

我想知道，那年的风为什么没将你刮倒？
我想知道，那年的你为什么走不出秋天的玉米地？
在求知的路上
我仅记得你的名字

你像小草一样柔弱
风里雨里依然清秀

我与你仅隔一条河
母亲说水的流动能带去情话
水面上的竹叶能带去一段缠绵的相思

后来，我慢慢长大
那条河沟还在
水不知去了何方

小麦地，裸树身

我看到了你的名字

被风卷起

在天空里

飘啊飘

2022年11月18日

你是来到地球的又一生命

几经反复
你仍站在我面前
我也知道
你是来到地球上的又一生命

冬天到了，冬天的骨头还是没有抵抗住你的暴戾
渐进的寒冷一天天逼近
你龟缩在某个角落
不敢与人亲善

你嗷嗷地叫着
也在躲避人类一次次的追杀
苦啊，苦命的你
苦命的人类

你是来到地球的又一生命
请你快快现身

让我仔细看看你的真容

寒风犀利

冰刀如剑

我不忍看到你的惨死

也不愿看到人类的侵扰

2022年11月20日

芙蓉

雨天，一座城市被淋湿
你是雾霾里穿出的芙蓉
含着笑，正向我走来

这一滴一滴的雨珠多像热泪
你驱着邪，安抚着我的内心

云被雾化
我那清秀的芙蓉啊
你开成了一池莲花
我围着你，赏心悦目

起风了，一丝微风
那不经意的寒冷又算什么
你拨云见日
我又见霞光

一朵芙蓉迎向我

我被晕染

我被陶醉

花开得鲜艳

一座城市都充满了香气

2022年11月22日

冬天被风吹着

没有人晃动
你还在落叶
冬天被风吹着
一棵树宣泄着无奈

除了树
是落叶
除了灯光
是一辆辆停在路边的小汽车

路很宽
你的心被看不见的魔堵着
楼很高
光的影子很长

梧桐
一座城市的标志

你弓着腰

一座城市向你鞠躬

梧桐

与我呼吸与共的姊妹

冬天来了

寒流还在路上

2022年11月28日

一片天空朦胧着

梧桐依偎着梧桐
落叶依偎着落叶

下雪了
寂静的城市有了生机
往事如烟
往事如雪

一片飘落地上的雪花说化就化了
相思如此
我那化作尘烟的流水啊

风走得很轻
何止一片雪花的失落?

降温了
这是冬天的习性

魔不后退

我也不退缩

雪花不断地下落

即时漂白了我疲惫的年岁

也许雪花无意

一片天空朦胧着

2022年11月29日早

钟声

无论压抑与奔放
时间都会发出声响
在时间的长河
无助是感叹号

我们的骨架是时间的发条
我们的灵肉是时间的组合体
我们是尘埃又是巨人
站在高处，我们又跌入时间的深渊

钟声是黎明又是黄昏
我们的存在是光阴的施舍
我们是时间的花朵
也是时间的坟墓

在时间的长河
我们默默无闻

在钟声敲响时
我们放声歌唱
在钟声消退时
我们又翩翩起舞

骨灰是火焰的底座
明暗是时间的面具
在火焰里，我们激烈地燃烧
在时间的长河，我们光彩夺目

2022年12月12日

追赶幸福

追赶幸福的过程
青春已筑进日子的围墙
焗油染发，是为了将生活光亮
先把苍老涂暗
再把日子漂白

年年如此，月月如此
我习惯舞弄匆忙的日子
把一根根的银丝织成云朵
把幻变的生活当作蓝天

走路的过程也是追赶幸福的过程
有时弓腰像棵梧桐
有时挺胸立成白杨
躺倒的姿势恬静

每天起早摸黑

我都会把经历梳理一遍

不该记住的丢进垃圾

不能忘怀的带进梦境

2023 年 1 月 4 日

雾

雾，说来就来了
它不是一缕，不是一团
它虚无缥缈，模模糊糊
阻碍人视线，妨碍车前行
还往往使人产生错觉

雾，说走就走了
它不是老虎，不是先知
它是地道的侵略者
它夹着尾巴的样子多么狼狈！

雾，一次蓄谋已久的侵袭
时而，它乔扮成美人
稍微诱惑就把人迷醉
时而，它想藏住真身
但，一两句谎言就把自己暴露

天气预报

实测不了风云

人心都有归属

天晴了，雾散了

2023 年 1 月 5 日

迟到

今年与往年不同
经历一场劫难后
上天也很吃力
湛蓝躲在云里
轻易不出来

一场大雪迟迟不来
北风没有迟到
寒冷依旧钻进心怀
企图把苦难凝固

站在街市的梧桐为什么无语？
衰叶仍在怀旧
年岁被风驰电掣的车子轧着
我与尘埃一起跑着

难道风雪不是一对姊妹?

风送走了瘟神

雪为什么不来?

天降大任

你我都是风

上苍有许多秘密

雪有解不开的心结

2023年1月6日

日子

日子有七姐妹
眷顾我的日子亮里透红
我走着
她笑着

爱我的人说
冬日是精致的女子
她那颗冰心能使我平静
她那晶莹剔透的肌肤能让我动情

三九天到了
贴近我的日子越加严厉
冰花懂我意
当我想越界
它就将我桎梏得更紧

在冬日
离我最近的姊妹走了
我知道她另有所爱
春天是她的最爱

日子被冰冻
寒冷凝成石头

2023 年 1 月 8 日

窗外

我支起耳朵
窗外的黑一动不动
苍穹藏住了眼睛
不管谁说什么
我依旧是一根耿直的木桩

梦像河水
河堤像高山
我游向彼岸
爬上云端

黑的一端更黑
光的一端更亮
我双膝如木
紧紧地依在心上

打开视野

到处都是海水的波浪

我支起耳朵

一只方舟直冲我来

夜如一列火车

黑暗中灯光闪闪

2023 年 1 月 10 日

诗一样的烦恼

花一样的生活
诗一样的烦恼
我塑造的情人
她总在我的惆怅里

冰花坚硬，透亮
它精神起来，比剑伤还钻心
她做我的情人
我只能看着她远去

诗在寒风里战栗
她时而像花朵，时而像冰刀
她回眸一笑
我诗的潮水又会激荡

被风侵袭的生活
被雨打湿的情结

诗来了

她来了

我抑郁的日子结束了

2023 年 1 月 12 日

雪啊

寒冬，我在一团雾霾里
不能走出，不能释怀
雨后，天上降下六角星
一个晶莹的世界展现

下雪了，雾结的冰花
花瓣绽开
千千心语落地
满世界都是笑容

雪啊
我冰凉冷酷的美人
你下凡得多么及时
我内心的郁结被你打开
我胸腔久悬的石头纷纷落地

这是一场心与自然的互动
萎靡的尘埃被融雪带走
洗礼后的寒流又一次被凝固

雪啊
感化我生命的珍珠
一次灵动不是偶然
再次拥别将使我再一次觉悟

2023 年 1 月 15 日

过年

小时候，掐着指头度日
在上学的路上
在割草的田边
我盼着庄稼地里的收成
盼着春节的到来

慢慢我随风长大
住进了高楼
走进了繁华的城市
一切都悄无声息
一切都顺应自然

每年过年，我都有丰盛的心情
听着鞭炮，看着焰火
内心像过冬躺在雪里的小麦一样
安静，甜蜜

后来，过年听不到了鞭炮声
我的内心与冬雪一样平静
原来，是我的年华老了
是我的步履过于沉重

而今过年，我又看到了焰火
仿佛我的青春又开始燃烧
我像田野里的小麦
节日在寒冬里洗礼
开春在光照下拔节

2023 年 2 月 1 日

每一条河流都捎来家乡的口信

每一条河流都捎来家乡的口信
河水滔滔，卷入云中的词语都已散作风雨
光阴如梭，背负苦难的年轮轧得生活咯吱吱响
风尘仆仆。在入世的当口
不是你去，就是我往

站在高楼，我看到了故乡不断缩小的影子
我每一次的喊话都被风带走
风起云涌，相思使我疲惫
我的热泪早已汇聚成河
年岁如都市街道不断弓腰的梧桐
冬去春来，老城被感化
河水被感化

每一条河流都捎来家乡的口信
这次不同，这次的河水没过人头
母亲与家乡的亲人没在水里

再也说不出一句话
他们知道我居住的城市刚经历过一场灾难
灾难席卷大地，也延伸到他们脚下

他们活着是为了向我传递亲情
我至今活着是为了还要建设不断缩小的乡村
河水流淌，每一次嘱托都掀起波澜
每一句忠告都波涛滚滚

2023 年 2 月 2 日

春天的脚步

这没完没了的物事到年底才止步
冬天知道，寒冷冻结的是心上的一块疤痕
寒风刮走的是一拨又一拨的伤感
在宽阔的街道上，车流如梭
不曾听到撞击年轮的声音
不曾看到被时光轧碎的风尘

一座城市走得吃力
金水河潺潺地流动
水还在倾诉人们送瘟神的过程
柳梢一动不动，它像耗尽了气力
不再向行人婆娑风情
不再向自然屈伸附庸

唉，一切着实不易
一切都慢慢过去
一阵寒风吹走了人们身上的疲惫

一场雪虚掩了一座城市的艰难
落叶低微，它也在向昔日告别
风尘依旧，光阴不衰

一阵一阵的鞭炮声辞别旧岁
漫天的烟花迎来喜悦
街道的车辆放慢了速度
一座城市举目远望
冬天要走，远处传来春天的脚步
春天像只野鹰
春天像头狮子

2023年2月3日

我喜欢冬天开出的花

我喜欢冬天开出的花
那风里招徕的舞蹈
每一次你在雪里
跌倒又爬起

我喜欢你露出的白牙齿
尽管你不懂我
你在寒风里的微笑
足以将我感动

我铭记你在黎明前对我的忠告
你异常冷漠
我不能自已
你就把我揽进你的胸怀

在冬天，我也有私念
在占有你的同时

我想与你去春天孕育
生产大量大量的桃红
还有晕染世界的微笑

立春了
你那未打开的花蕾依然倔强
我是你的守护者
你是我梦中的伊人

2023 年 2 月 6 日

走入火焰的时刻

一穗出类拔萃的麦子
到了金黄的季节，一样被收割
那疼痛的幸福无以言表
就像岩石开成的花朵
在死亡的时刻
我仍要赞美

土地的光明永恒，不朽
光阴的黑暗短暂，虚华
在走入火焰的时刻
一切都是纯粹的缩影

我的觉悟来自死亡的感化
我的沉沦来自希望的破灭
一次一次的转化
我由岩石碎变成尘埃
由尘埃聚变成岩石

黑夜是我寂寞的额头

光明是我豁达的身躯

在土地的怀抱

我藐视死亡

藐视与岩石一起巨变的腐朽

2023 年 2 月 7 日

早晨

从子夜里走出的千军万马
向黎明聚集
他们习惯了平凡的生活
不再喧闹
不再高喊口号

早晨如一对睡醒的男女
他们的日子正常平静
他们所做的梦都上了墙壁
无人打扰
无人侵入

一座桥梁通往黎明
一座桥梁通往早晨
人们簇拥着
他们习惯了夏天的争吵
他们习惯了秋天的富足

他们习惯了冬天的冷漠

他们习惯了春天的艳丽

早晨像滚滚而来的潮水

人们奔着日子

有人观望

有人驶入浪潮

2023年2月8日

除了思想我一无所有

太阳无私地照耀了我
土地的光明给予了我
我被慈祥的蓝天无时无刻地笼罩
白云在萦绕
在黑夜的梦幻里
除了思想我一无所有

我是太阳的孩子
我是土地的孩子
我是天空的孩子
我是黑夜里的一堆篝火
我的思想在燃烧

秋天在荒芜中踟蹰
冬天不知不觉地走着
在春天的启蒙里
我像草原上的一只羔羊

在天空的呵护下
我自由自在地走着

天空赐我一双羽翼
大地赐我一个宽大的胸怀
我流放于一条宽阔的河流
被风吹着
被雨打着

我是探路的一粒风尘
除了思想我一无所有

2023年2月13日

陆地上的人们

陆地上的人们
被一场灾难唤醒
黑夜里的灯像七姐妹的花裙
子夜过后的黎明光彩夺目

太阳每天如期而至
世界缤纷
草原异常平静
大地异常绮丽

母亲在故乡的一隅
她听不到城市的喧嚣
看不到城市的霓虹
日子过得像田间的庄稼一样恬静

兄弟们就住在阳光的一面
他们的心扎进了土地

麦子、玉米、水稻都是他们的伙伴

他们的婆娘也是土地的根

姐妹们就站在村口

她们挡住了邪风

把光阴一节节拧成了绳索

拉长了旭日

挽留住了夕阳

2023 年 2 月 15 日

星光

你看到的，我都知道
星光，夜路的指引者

天使
上帝的使者
在漆黑的路上
行者也是光的守护者

来吧，我是你的同行
你迷路的过程我知道
你觉悟的瞬间我知道

走吧，黑夜不是你的梦境
赶快回到你的现实
一草一木都有灵动

星光是夜行的路标

无论走到哪儿
光到哪里
我就追到哪里

走吧
阡陌的道路坎坷
只要星光闪亮
我们都会一往无前

2023 年 2 月 20 日

小时候什么都是真的

小时候，玩耍很简单
追着一群麻雀跑
被狗追着，一双布鞋跑丢了
回到家被母亲一顿打
哭着鼻子，还说不是自己的错

小时候什么都是真的
河沟里的水没有污染
夏天在炽热的太阳下
在河水里脱得一丝不挂
水是从土缝里渗出的清泉
波浪是从无知里荡出的童趣

小时候，书包里装的是希望
放学下地干活打猪草心甘情愿
整个身子晒得黝黑是真的
手被荆棘扎流血是真的

疼痛不喊疼痛是真的
艰难不叫艰难是真的

小时候，月儿挂在天空
当知道有故事的人能奔月
发奋学习是真的
从此，少了天真，多了忧虑
由懵懂开始觉悟
一切奔美好而去

2023 年 2 月 21 日

火焰

一簇火焰，燃烧了半生
熄不灭的火啊
它窜进心头
窜向远方

一阵狂风又一阵狂风
熄不灭的火啊
火种生出了草
生出了河流

世代在燃烧
一草一木推动着年轮
火种复苏了春夏
火种再造了秋冬

火啊
我眉头燃烧不止的大火

我的心胸不能承载

我的视野存放不下

火啊

我是燃烧的火苗

天下为公

哪场大火能容残余的龌龊?

2023年2月21日

我与麻雀

冬天过后，我与麻雀走得很近
它叽叽喳喳的叫声触动了我的灵感
它扑扇扑扇的翅膀拓展了我的视野
它一早叫我起床
太阳落山时催我回家

天亮都是赶早的人
我在喧嚣的人群中
摸着口袋，踩着闷声的马路
麻雀惦记我走的方向
我默念麻雀越飞越高

在城市看不到太阳落山
麻雀悄悄告诉我，它是风信子
它飞跃高楼的姿势乖巧
它能把我带到天空，无论我在何地
它还能把我带回故乡

云里云外

麻雀轻松得像一张彩纸

我沉重得像一块石头

麻雀在飞翔，我在吟诗

行进之中

我隐约听到了麻雀对天空的独白

麻雀的心跳牵动着我的心跳

2023年2月22日

他们擦肩而过

一个陌生人
成群的陌生人
来到一座城市
他们擦肩而过
互不说话
互相投一陌生的眼神

他们来自天南海北
呼吸一种空气
能表达的是默默地祝愿
他们走着，互相陌生
他们只差时间的距离

有时，爱意在陌生中产生
你走你的路
他看他的风景
如果邂逅

只需一次短短的倾诉

慢慢，陌生不再陌生
他们之间，只要一个眼神
只要一次握手
他们就会共有一个天地
就会共有一个使命

2023年2月27日

鹰的翅膀

北方就是北方
黄河也属于北方
一棵被风抽打的梧桐高傲地站着
它立在北方汉子的肩膀
像随时要飞往远方的鹰

鹰的翅膀，中原的翅膀
中原大地经受住了北风的考验
城市的高楼像天空的巨人
风在微笑
中原大地上的麦子在微笑

北方，北方
一路向北
在北方的潮流里
一望无际的麦田一浪高过一浪
中原被翠绿掩没，鹰在飞翔

北方就是北方

中原像条汉子

冬眠过后的黄河蓄意待发

悲壮的二七塔更加庄严

千万棵梧桐弓腰崛起

2023年2月27日

单纯

雨，垂直地落下
雪，轻盈地飘落
风，一阵一阵地抒情

三百六十五天被分成时间的方格
分分秒秒，日日夜夜
我住在时间的城里
日月、天穹都是我的

恬静很美
喧嚣很躁
在一个人的世界里憧憬
在一个人的日子里想象

我平静
一草一木牵动着我
不知不觉我走进时间的方格

不知不觉我融入生命的长河

雨雪是自然的眼泪
风是诗的翅膀
在春天，白露布满了麦田
绿色排成了诗行

2023年3月4日

声音

走着，走着
我隐约听到了梵音
是恐龙走远的脚步
是地狱爆炸的颤动

我不敢相信
昨夜的梦里满是伤痕
我出生的地方原始
我居住的城市朴素

一条河流艰难地流着
一团浓雾艰难地裹着
漫天是卫星
遍地是武器

到处是惊恐的气氛
政治与政治的摩擦

利益与利益的博弈

军械与军械的竞技

循着声音

走进现实

我屏住呼吸

不再把自己置身事外

2023年3月4日

春天多美好

早逝的亡灵和远游迷失的人今天都会回来
春天多美好！
春天有层出不穷的云霞
春天的河水都会向今天聚集

今天的麦子格外茁壮
父母的守望已站成一行行
春风波动成绿海
思念在荡漾

春天多美好！
出走天涯的游子春天都会回来
我与游子站成一队，化为春风
融为白露

春天多美好！
今天的鞭炮庄严而响亮

父母与泥土仍在劳作

我的心波动成麦浪

激情在燃烧

2023年3月29日

很多人走了

三月，很多人走了
我看到临终时他们依依不舍的眼神
他们放不下这深远的世界
舍不得这阳光透明的春天

他们不愿闭目
想告诉我们的很多
麦子一天天长高
田间的麦子们仍缺水缺肥

母亲走时没有眼泪
她盼我早点回去
想拉着我的手跟我讲小时候我不知道的事
想告诉我小时候的我像一根稻草
她很难，我成长得也很慢

跟很多人一样，母亲走了

她留下一根弯曲的拐杖
等我老了
她想让那根拐杖继续搀扶我

三月，很多人走了
他们和母亲一样
走在春天
走在一望无际的田野

2023年3月29日

阳光也有重量

阳光没有打着我
是因为太阳离我很远
我在尘世的某个角落
被阴暗困扰

阳光打在地上
是因为土地的胸膛裸露
田野里的麦子需要光合
流泪的汉子需要光照

我在城乡之间的路上奔走
在星辰迷茫的世界
错过了与亲人的团聚
错失了很多阳光明媚的日子

阳光没有打在我身上
是因为我的身子像一根鸿毛

我的灵魂仍处于另一世界

我的行走仍处在狭窄的路上

阳光也有重量

无论天阴雾霾

无论风吹雨淋

我都要去炽热的阳光里

2023年3月29日

夜色是河流的外衣

夜色是河流的外衣
月儿下凡的时候
河水潺流
鱼儿漫游

梦境是我最好的去处
拥着月色，赏着鱼儿
河流羞赧时
柳树倒垂，微风轻扬

踩着夜色
河水轻荡，鱼儿上游
我在一座城市的梦幻里
我在一个臆想的世界里

拂动春风
不敢躁动

河边走来我同乡的伙伴
柳丝婆娑，细语绵绵

月色，夜色，玫瑰色
一条彩路伸出梦境
百年弯曲的金水河
又散发出朝气

2023年3月30日

白纸

无论白纸多么洁白
写上去的文字，仍很少人问津
傲骨在暗夜中丢失
怀念他的依旧是过气的灵魂
白纸珍贵，体现它高贵的仅是那个
满目贫血的“奠”字

多少人为那张彩纸而去
他们奔赴黄泉仍不忘脸上贴满金子
这驱鬼的年代，满街的人装神弄鬼
互联网几乎取代了纸张
而镀金的草纸仍不能代替信念

多少次，我想用一份纯洁替代那枚金子
然而，暗夜隐藏不住鬼神
四季之风虽透明无影
然而，它却冷漠，犀利

来吧！我不能睁眼看这无端的沉沦与颓废

缪斯与无极都在发力

快救救我和我的兄弟

“正”是时间的大写

挥泪去垢，倾情书写正气

2023 年 3 月 31 日

四月，蛰伏的春风都站了起来

四月，蛰伏的春风都站了起来
在春风里，父母言归于好
不再为世间的琐事纷争
父亲的等待换来一地的烟火
循着烟火，母亲去了
在那里，母亲见到了阔别二十七年的父亲

清明节那天，父母于阴间相拥
父亲的寂寞已长成一茬一茬的野草
母亲把世间的缺憾又一件一件讲给了父亲
那一天，他们与儿孙们相聚
春天的烟火很旺
麦子们也兴高采烈

春风送走了苦难的三月
在麦子长高的喜悦里
我看到了地下温暖的父母

他们的昨天换来了我们的今天
他们走得吃力，走得痛苦
辞世时，还一再向我们挥手

父母啊，我就是泥土
日日守护在你们身旁
我想感受你们的心跳
听你们讲那久远的故事
和麦子一起
变成金黄

2023年4月7日

夜话

日月伴随我半生
夜话，像神灯
扑朔迷离的路上
有光闪烁

去年的四月，黑夜神隐
我还是小心翼翼地走路
努力不去妄想
用心填空，用心补白

风不打一处刮
它不但从耳后吹过
有时还在眼前使绊
云在天空飘逸

今年的四月，天格外透彻
风轻轻吹拂，雨过天晴

赶夜路，不仅能看到星辰

还能清晰听到河水的潺潺流动

夜，扑朔迷离

我在践行

怀念那失去的时光

难忘那艰苦的岁月

2023年4月17日

七个人

快乐如此简单
七个人聚在一起
出游，爬山，云里雾里

黄柏山、桐花谷、狮子峰、映山红
商城、麻城、金寨，三省交界
放下包袱，摄入美景
释怀自然

早晨，空气清爽
诗词被云雾弥漫
吼一首《映山红》
跳一曲戏水舞

正午，走进农家
酌一杯女儿红
品一桌田园菜肴

乘酒兴划拳斗酒

当夜色笼罩山野
七个人把酒言欢
忘掉都市的喧嚣
进入空旷的意境

黎明
几天云游的情景还在脑海
别了，可亲可爱的大别山

七个人
七个世界

2023 年 4 月 19 日

雨水

雨没有停止的意思，天空有点暗
会说话的风不知去了哪里
习惯了赶早上班
早起床，早出发

雨下着，车子轧得流水哗哗直响
过去很多年，春雨贵如油
而今，雨水多了
人心也慢慢浮躁

都在赶路，都在盘算自己的生计
天似乎也有压力
云不见了，彩虹不知隐在何处
落下的雨比石头还沉重

雨还在下，不知云的高度
高楼似乎扛住了压力

大街小巷车水马龙

雨水流进了暗道

人匆匆又走进繁忙

2023年4月23日早

气温

气温，时高时低
跟上换衣的节奏
继续忙碌

三十度的天，好似过夏天
天气十度以下，仿佛又回到了初春
脸颊被风刺疼
身心慢慢适应

走着走着，走出了思想的盲区
停下脚步，寻不到云影
下雨了，暗流仍在眼前

不该来的都来了，不合时宜的降温
添加几件衣服
内心依然有点凉

升温了，似乎听到了夏天的脚步

一切都是火辣辣的

失意、颓废开始焚烧

快快赶上火热的速度！

2023年4月23日

命运

命运像块石头
出头越早
风化就越快

一块石头，深埋地下
也许一辈子不显露
但它耐住了寂寞
最终会成为磐石

我想成为一块石头
不仅因为它坚固
还因为它虔诚
它不仅与泥土固结
还与自然和亲

我的命运很硬
心能袒露

骨骼能在烈火中绽放

命运像块石头

滚动时会舞蹈

平静时像一尊年迈的钟

2023年4月24日

一座时钟

一座时钟
发条在母亲手里
当母亲扭动发条
她的手总会颤抖
我的心也在感动

年复一年
那座老钟一直在跑
秒针长在我腿上
时针成了我两肩的翅膀

钟表的“嘀嗒”是母亲的言语
钟表的亮光是母亲的指示
我牢记我胸口上的那块胎记
忘不掉剪断我脐带后母亲的疼痛

一座时钟在“嘀嗒”

在时间的长河

母亲走着

我走着

2023年4月28日

乌鸦，请闭嘴

乌鸦，请闭嘴
无须占用我的时间
我是时间的宠儿
时间却离我越来越远

在生命的走廊
乌鸦总在头顶盘旋
谁能告诉我它的哪声鸟语是诅咒？
哪声鸟语是警示？

罢了，罢了
这混沌的世界不明不了
走了的都成了灰土
不走的还在等明朗的年岁

我相信神的力量
我们都在驱邪的路上

出生，死亡
再出生，再死亡

乌鸦，请无须多言
谁把你当作不祥的预兆？
恍惚的尘世啊
这时间，这年岁
这世间的分分秒秒

2023年4月30日

理想国

自由是我的理想国
无论去哪儿
我都想拥有它

我随大雁寻觅辽阔
草原遮住了我的羞涩
疆土拓展了我的视野

我随候鸟飞往大海
蓝天是我的着装
白云是我的面纱

我自由的国度五彩缤纷
有巍峨的大山，金色的画廊
还有清亮的鸟鸣

我的内心像一片孤岛
大漠、草原
海浪、沙滩、金色的贝壳
绿野铺开我的胸怀
浪花举起我的幻想
湛蓝打开我的心境

草 木 世界
我在放飞的天空
自由是我的理想国

2023年5月1日于上海

夏季

夏天到了，气温一天天升高
经历三年洗练
市民变得与梧桐一样温和
平静之中，金水河在变
市容在变
高楼也停止了蹿动

夏日加紧了节奏
衣着渐渐单薄，心如一张纸
风在头顶盘旋
人造的空调开始转动

夏季，火辣辣的太阳照射大地
睁开双眼尽是翠绿
文字随光在时空跳跃
诗与树叶一起飘逸
失落远去

潮水般的车水马龙
排成了一行一行的诗

黑夜深邃
相爱的人拥着甜蜜
把日子过成了喜剧
过成了动情的长河

2023 年 5 月 17 日

未来在燃烧

夏天的热度向巨石投射
花开之时
收获的人群正赶在路上

圣火燃烧之后
遗忘的繁杂亦化为灰烬
从此以后，空气幸福，尘埃单纯

冷漠相对热度是反义词
然而，在空洞的世界
石头还是石头

黎明之后，我看到了太阳的眼睛
上帝深奥
世间的万物更加无知

未来在燃烧

极端的蓝天更蓝

失意的过去已成为过去

2023年5月17日

今夜想你

今夜想你
过了今夜仿佛就是世界末日
今夜无眠
没有什么能让我放下

今夜想你
不是我醉了
因为在这个世界
只有你在乎我

剖开世界
我看到的都是影子
你纯洁本真
我已不相信成千上万个鬼话

今夜想你
我要表达的不是真相

只有你的存在
才是我要活着的意义

要走就走吧
你是我的唯一
你喜欢光
那我就去黑夜炼狱

2023 年 5 月 18 日

高铁开动

高铁开动，车轮碾轧的
不知是过去还是将来
列车朝一个方向
我的思绪横飞

每年的这个时候
闲暇之时我都会去田野
和麦子混在一起，聊野草的顽强
聊风吹田野卷起的麦浪
怀念童年与父亲一起在麦田守望
和麦子一起憧憬的快活日子

麦子成熟了
我亦长大

每年这个时候我都在思虑
麦子金黄金黄

之后被收割

我知道它终究活不过我

列车开动

只朝上海的方向

上海是大都市

虽然令人向往

但我还会回故乡

2023年5月19日早

剖析

从今天起，我将剖析自己
将过去食进的五谷杂陈一一亮出
面对上苍，说出一生不愿说出的忌言
把一切归于幻尘
把一切还给大地

也许，我的昨天闪光发亮
从今天起，我朝重生之路再走一遭
哪怕重回襁褓
哪怕变回孩童
哪怕我的第一步是从文字的懵懂开始

如果我还是那么童真
如果我还是那么渺小
如果我还是那么善良
如果我还是那么无知
如果我还是那么纯粹

将来有一死

那是我选择的第二生

从此我将不再有任何顾虑

不再有任何羁绊

坦荡荡地面对一切

无忧无虑地度过一生

2023 年 5 月 20 日

你绝非我看到的那样

你绝非我看到的那样
雨滴出来的诗句
仍是那么柔弱，那么慈悲
五月天了，你还在用另一方式敲打我

夜深了，蛙也潜入都市
它耐不住寂寞
仍在用洪亮的歌喉向黑夜昭示
它想把我送入梦境
它想把我带进母亲的怀抱

一连几天的细雨，城市的污垢都流入了阴沟
我惦念的金水河还在改造
围档隔离我，不仅仅是为了环境
也是为了不想在我眼里钻进多虑的沙子

夜无眠，蛙声不断

从细雨里我仿佛触到了柳梢的颤动
从远方我仿佛看到了母亲的影子
母亲正从黑夜向我走来

母亲怀抱一捆湿漉漉金黄黄的麦子
麦子像一首涌情熟透的诗
诗的字里行间都是泪

夜朦胧，雨朦胧
被雨淋湿的田野
这绝非我看到的景象

2023 年 5 月 29 日

我是寂寞的因子

宽敞的房子
空空的房子
这里的房子聚满了寂寞

我是寂寞的因子
轻轻走进空空的房子
这里的寂寞即将出走

寂寞属于另一世界
这个世界是人类的误区
光被止步
暗物质在运动

我写字的手在颤抖
那是无知的动力
那是黑暗里发出的声响
我写诗，不仅仅是赶走寂寞

一栋宽敞的房子

一具空空的行囊

我身躯立着，灵魂飘着

走出寂寞的房子

我与空气一起

我与尘埃一起

2023 年 6 月 12 日

夏雨

夏雨流淌着
从地上隆起一串串水泡
那是你的嘴
那是你血液涌动的乳房

细雨朦胧
你好像在对自己说
爱不成就放手吧

你最喜欢夏天的热度
然而夏天又像熔炼恋人的火炉
钟情你的人
又被光阴击败

不只一个这样的夏天了
忠守你的恋人总与你擦肩
你的怀恋像一串串水泡

像一泓流向低处的雨水

夜雨连绵

落在地上的情话喋喋不休

你在素描一场雨的经过

远方的人仍在远方

2023年6月20日

麦收后

麦收后，父亲没有回来
母亲怕他孤单
在麦子的拔节孕穗期
也住进了那堆黄土

父母住在了一起
从此与土壤为伴
坟头上的柳树长成了风神
星辰眨着眼
风拂动起夜空

麦收后
父母不再为往日的疾苦忧愁
守望空旷的原野
与麦茬儿一起驻守往事

夏季的风吹遍四野

万千思绪尘落

来年一定风调雨顺

来年的麦子一定很旺

2023年6月20日

一棵树忘记了年轮

其实，你我的世界
都不用定义
你不愿揭穿
我不知道世界的神秘

如果哪天你走了
我就保持原态
把你做成雕塑
我再重归故里

你走得仓促
只留下杂乱的足迹
只留下思想者的疑惑
但你出走的背影仍像一棵树

还好，你没有偏离我的视野
你的世界繁华
我的世界仍是一地游动的寰尘

一棵树忘记了年轮
你成了我心上的结石

2023年6月28日

格局

喝多了，才吐真言
世界其实是一个谎言
政治，宗教
其实是一潭死水

人伟大
人杀生的经历胜过一切
然而，存活的生命只有一个
真理是上帝的产物

你服万物
却把自己的理念贯穿世界
海平面升高
那是人与自然的互动

也许我是混沌一世的亲临者
我见识的光昙花一现

你是智慧的因子
谁能让世界翻转？

好吧
我们重归世界的本源
你是一面镜子上的尘土
我是草上尚未蒸发的水珠

2023年6月28日

坐在夜里

坐在夜里，想夜里出走的人
今年麦子丰收
收割麦子时，遭遇几天的大雨
种地的人哭了

夜漆黑，你能去哪儿？
麦子是梦的结晶
做了一年梦
你还在梦里

夜里出走的人
我想你
我是梦里的土壤
也是淋雨受难的麦粒

坐在夜里
想在田间守望黑夜的父母

几天大雨，淹没了星辰

土里的魂魄附上了柳树

风走动，雨会停

坐在夜里

想夜里出走的人

2023年6月28日

黑夜是星辰的家园

黑夜是星辰的家园
在夜空，除了空，就是不眠
在不眠的世界，我看到了无数个影子
影子飞着，影子里有无数个寄托

躺在夜空，我在梦游
梦的世界很圆
我在圆里，承载不了自己
我想到了地球村，想到了还在纷乱的尘世

在夜空，一切都很幸福
我的寂寞也长出花朵
飞机的轰鸣，好似在演绎一场大型的交响乐
我不是角色，却胜似乐者

在一望无垠的黑暗里，我也有苦痛
黑夜是星辰的家园，星辰远去，家园将走

我是一个快乐的夜行者
在天际，我想放黜一切苦难

黑暗里，我想念冥界的父母
在黑暗的尽头，我看到了光
看到了我崭新的家园

2023 年 7 月 2 日在北京至埃塞俄比亚的飞行中

夜空

黑夜笼罩夜空
黑暗使我滋生幻梦
找到黑暗的世界
仿佛我找到了又一道光明

黑暗里有光，也有温度
在黑暗里，有时我看不到物事和自己
有时我忽略苦痛
把自己也变成了光

在夜空，我体会到了黑暗的温度
黑暗储存力量，也是星辰的家园
在黑暗的世界，我看到了又一道光
光是我的梦，也是我的生命

在夜空，我想说的都在梦里
梦是寂静的，也是幸福的
在黑暗里，我有一双羽翼
有时我在夜空飞翔，有时我去尘世磨砺

2023年7月2日在北京至埃塞俄比亚的飞行中

差距

黑夜可以转换
空间可以移动
北京与津巴布韦相距一万余公里
北京与津巴布韦时差六个小时

不在一个纬度
黑色，白色，黄色
同享一个太阳，同被星辰呵护
牙齿雪白，血液殷红

一条赞比西河流往大海
一条黄河流往大海
水与水交汇，情感与情感交流
生命如汹涌澎湃的维多利亚瀑布

狂野非洲，欢腾的舞蹈
在千年猴面包树下留念

原始的土地，广袤的原野
这里是地球村的一部分

当这里还是暗夜
东方已是黎明
黑白原来没有差别
距离仅是生命的感知

2023年7月4日于津巴布韦象山宾馆（当地时间5：30）

家园

我有一个庞大的家园
在非洲，在具有七百年历史的大树村
村民们载歌载舞，狩猎，种粮食
皮肤与黑夜一样黑
内心与白云一样白

我有一个庞大的家园
在非洲，在乔贝国家公园
狮子、豹子、大象、犀牛、斑马
它们朝夕相处，对人类一样好奇
我在看鹰，雄狮在看我
羚羊走了，猴子又来

我的家园是用金子做的
非洲的村落是用土草做的
我已远离了暗夜
村落的村民却离星辰很近

乔贝公园的动物们

盼着星辰

它们盼来了我们猎奇的目光

还有我们夺取它们的自由土地

2023年7月5日于博茨瓦纳

背影

背影
——阳光赐予的暗剑
直指视觉的前方
心伤之时，一股力量又起

起风了
冬天的雪刀严酷
漫天的雪花
遮盖住失意

桃花点缀春天时
春风吹走了虚华
绿胆怯怯的
不敢冒失

夏天像火的背影
风推着火

火推着年轮
蝉对苍天喊叫

殷实的秋天无视缺憾
遍地都是收获的痕迹
种下希望
盼着来年

背影刮不走
生命前仆后继

2023年7月5日早晨于博茨瓦纳

原始部落

无论在哪个角落
太阳都会升起
一轮红日
照亮了整个大地

当古老还很古老
布须曼人的肤色被太阳映红
他们的心胸与草原一样宽
思绪与天空一样阔
即使草木枯萎了
他们仍在夕阳里

日复一日，年复一年
他们生长在狂野
悲喜与土地与共
生死与上苍系连

布须曼人繁衍了数千年
他们成为自然的一族
日月星辰，黑夜白昼
他们视天地为主人
视自己为主人

也许，文明是原始部落的误区
达尔文忽略了造物主
现代人误解了原始
地球仅是宇宙的一个小村子

狩猎，取火，繁衍
布须曼人无畏无知
他们的渴求像缺水的盐沼
他们的胸怀像无垠的狂野

原始虽然古老
但他们的希望并不落伍

2023年7月7日早于博茨瓦纳盐沼

反抗

我反抗自己
不如说是在归正自己的灵魂

每一次出走
我都是从安逸中挣脱
选择出走
也是我对灵魂的抗争

无知是我生命的缺憾
也是我旅途的起步
选择出走
也是我开启的第二人生

抗争，是我骨子里存储的能量
我反对世俗
更反对自己的偏执

也许，我是尘世中的一棵树

活着我就成为荒野中的风骨

死了我就成为依偎古树的一块石头

2023年7月8日于博茨瓦纳马翁

非洲树

在非洲，除了树，就是沙土
除了沙土，就是荒漠
在沙漠，到处是树的骨头
在骨头的世界，死亡有的立着
有的躺着

我看到的骨头都有灵魂
它们像刻着文字的生命碑
上面记着年轮
记着丛林与动物们的苦难
土地是生命粉碎死亡的痕迹
骨头存在，希望活着

我是与土地一样颜色的游者
在黑夜里乘着一道光
在寂寞中来到了这片净土
——非洲

一个自由野性的乐园

狮子、豹子，大象、犀牛、水牛
它们自由自在地行走，觅食
天空湛蓝，土地古黄

一条土路穿越丛林
微风惊动了万物
生命无知，自然深奥

飞扬的尘土不屑尘世
尘土是丛林的尘世
荒凉是人与动物的呐喊
草木立着，我与动物们雀跃
草木死亡，我就站在枯树的一旁

2023年7月8日于博茨瓦纳奥卡万戈三角洲

今夜，我只关心黑夜

今夜，我在纳米比亚的埃托沙
天空星辰依稀，黑夜很静
动物们睡了
游者无眠

仰望天空
星辰窥视我
风一动不动
光一闪一闪

今夜，我关心的黑夜无语
星辰呵护我
我却不能自已

黑夜漫长
我思念的人却不能醒来

父母
——我最思念的亲人
您是星辰中的哪一个？

今夜，我只关心黑夜
星辰遥远
我思念的人离我很近

2023年7月10日夜于纳米比亚埃托沙
2023年7月13日夜修改于纳米比亚鲸湾

沙漠

沙漠，大多时候是静止的
它经不起扰动，稍有风吹
它就会跃起，有时遮掩住天
有时迷蒙住眼睛

在非洲，沙漠是一片净土
虽有草木走动
但草木也都艰难地扎下了根
陪着动物们一起安家

我穿越沙漠，不是为了歌颂
也不是为了猎奇
我想在生命的一页，为沙漠贴上标签
写上刻骨铭心的感受

沙漠，大多是躺着的
它静止时迷人

立起时能把人吓倒

在沙漠的怀抱
天空像面镜子
我与动物们都是地球的孩子

黎明，我不想惊扰沙漠
到了黄昏，在沙漠
我就会看到从天而降慢慢落下的夕阳

沙漠荒芜凄凉
但它也有傲骨的地方
风的吼声就是沙漠的特写
沙的走动就是沙漠的奇观

2023 年 7 月 14 日于纳米比亚苏丝斯黎

星空

星空是圆的
无论到哪儿
星空都在我身旁

我在非洲
星空投下我的心愿
上帝的希望像一棵箭袋树
根须植入了土地
顽强系连着生命

黑夜降临
星辰投下和睦的光
箭袋树释放出魅力
天空露出幸福的微笑

星空深邃
夜幕敞开博大的胸怀

无论我到哪儿

星空总伴我左右

在非洲，我不感觉遥远

因为有星空

有光指引的方向

还有希望播撒的种子

2023年7月15日于纳米比亚箭袋树庄园